AF190075

Alizé Siffleur

Dark Soul

Für Alan, meine zweite Hälfte, meine Inspiration, meine große Liebe.

Du und ich - mehr geht nicht ...

Alizé Siffleur

Dark Soul

Roman

Das Cover ist
designed
by Nensuria - Freepik.com
vielen Dank dafür

In manche Situationen schlittert man einfach so hinein. Obwohl man es gar nicht will. Es passiert einem etwas Unvorhersehbares und wham - steckt man mittendrin. So jedenfalls kommt es mir vor, wenn ich an die Ereignisse von damals denke.

Eigentlich war Steffi an dem ganzen Schlamassel Schuld. Weil sie unzufrieden war. Dann kommt Frau schon mal auf dumme Gedanken.
Oder besser gesagt auf ungewöhnliche Gedanken ...

***

„Was hältst du davon", fragte meine beste Freundin und drehte ihren Laptop um.

„Whow", antwortete ich verblüfft. Mehr fiel mir beim besten Willen nicht ein.

Steffi und ich waren beste Freundinnen mit allem Drum und Dran, denn schließlich kannten wir uns seit ewigen Zeiten.

Wir hatten die Schulzeit gemeinsam überstanden, den ersten Liebeskummer zusammen erlebt und uns bei so manchem Kater, sei es aus alkoholtechnischen Gründen oder weil eine Beziehung in die Brüche gegangen war, gegenseitig getröstet. Als Steffis Ehe zerbrach, war ich für sie da. Genauso, wie sie mich auffing, als mein Partner tödlich verunglückte.

Steffi, das war für mich eine Konstante. Selbst, wenn wir uns eine längere Zeit nicht sahen, waren wir uns doch immer vertraut.

Heute Abend hatten wir uns bei ihr verabredet, um wieder einmal zu klönen.

Steffi hatte mir die Tür geöffnet. Dann war sie zu meiner Verblüffung direkt wieder in ihr Wohnzimmer gestürmt, wobei sie heftig gewinkt hatte.

Jetzt also starrte ich verblüfft auf ein Bild, eher ein Foto, das einen korrekt bekleideten, ernst und konzentriert blickenden

Mann zeigte, der auf einem Stuhl saß. Auf, oder besser über seinem Schoß lag bäuchlings eine völlig unbekleidete Frau. Sie lächelte verklärt in die Kamera, während der Typ ihr scheinbar das Hinterteil versohlte. Jedenfalls vermutete ich das, denn er hatte die Hand eindeutig erhoben und ihr Po zeigte noch eindeutiger rote Flecken, die fatal an Handabdrücke erinnerten.

Damit hatte ich wirklich nicht gerechnet.

„Whow", wiederholte ich etwas blödsinnig.

„Geil, was", grinste Steffi, die von meiner Schockstarre ziemlich amüsiert zu sein schien.

„Seit wann stehst du auf so etwas?"

Mit einem entschlossenen Ruck drehte ich das Notebook wieder in ihre Richtung.

„Meinst du, dass der ihr echt den Hintern versohlt und dass sie es gut findet?", fügte ich nachdenklich hinzu. „Das glaube ich nie und nimmer. Es ist bestimmt ein Fake."

„Ich weiß nicht. Das sieht ziemlich echt aus. Jedenfalls hat es etwas ... na ja ... Anregendes. Jedenfalls für mich", stellte Steffi fest und klappte ihren Laptop zu.

Während sie uns ein Glas Wein einschenkte, machte ich es mir in Steffis Kuschelsessel gemütlich.

„Sag schon, wie bist du auf die abgefahrene Idee gekommen, dir so etwas anzuschauen?", fragte ich, während ich an meinem Weinglas nippte.

„Na ja, ich habe jemanden kennengelernt. Der hat mir das Bild geschickt. Wotan heißt er."

Ich bekam einen spontanen Hustenanfall, denn ich hatte mich heftig verschluckt. „Wie heißt der?", murmelte ich nach Luft schnappend.

„Wotan. Ich weiß, das ist ein ungewöhnlicher Name, aber dazu kann er schließlich nichts. Jetzt hör schon auf zu grinsen." Meine Freundin musterte mich missbilligend.

Vergeblich bemühte ich mich um eine ernste Miene. Das Hau-den-Popo Foto und der Name Wotan passten wie die ominöse Faust auf das Auge.

„Und ist das Wotan?", fragte ich amüsiert.

Steffi schüttelte den Kopf. „Natürlich nicht. Das soll nur ein Beispiel sein oder eine Anregung."

„So, so, eine Anregung?"

„Meine liebe Katja, du bist ja heute drauf! Eben, eine Anregung. Er ist anders als andere Typen und er ist richtig heiß. Übrigens sieht er super aus." An dieser Stelle wurde Steffi tatsächlich etwas rot, was mich verwunderte, denn gerade sie war eine gestandene Frau, die so leicht nichts und niemand aus der Fassung brachte. Hatte ich jedenfalls gedacht. Dieser Wotan schien wirklich einen Nerv bei ihr zu treffen.

„Ist ja gut. Es tut mir leid, wenn ich dir auf dem Schlips getreten bin", beeilte ich mich zu versichern. „Ich bin nur etwas erstaunt. War der letzte Stand der Dinge nicht, dass du mit Dominik zusammen bist? Mehr oder weniger."

Tatsächlich waren Steffi und Dominik schon seit gut zwei Jahren ein Paar. Wobei es sich mehr um eine On/Off Beziehung handelte, als um ein wirkliches Zusammensein. Die beiden stritten, trennten, versöhnten sich in regelmäßigen Abständen.

„Ach, Dominik", seufzte Steffi. „Das ist endgültig vorbei. So richtig hat es ja nie funktioniert. Ich glaube, dass wir von Anfang an nicht zueinander gepasst haben. Aber das wollten wir uns nicht eingestehen. Jedenfalls hat er schon seit einiger Zeit was nebenbei laufen. Vermute ich mal, weil er extrem komisch ist. Es ist gut, dass wir nie zusammengezogen sind. So brauche wir jetzt nicht um Möbel und Hausrat streiten."

Ich runzelte die Augenbrauen. „Das sagst du mir erst jetzt? Warum hast du dich nicht sofort gemeldet? Freunde sind für einander da, weißt du. Er hat also eine Andere und hat sich deshalb von dir getrennt, der Mistkerl!"

„Nein, so ist das nicht. Ich habe mich von ihm getrennt", unterbrach mich Steffi. „Es hat sich so ergeben. Es war in der letzten Zeit noch schwieriger mit ihm als sonst. Er war ständig allein unterwegs, hatte nie wirklich Zeit. Ich sag's dir, er hat bestimmt schon länger eine Freundin. Na ja, da habe ich mich auch umgeschaut. An einem Abend, an dem er kurzfristig einen wichtigen Termin hatte, habe ich am Laptop herumgedaddelt. Bin zufällig bei so einem Forum gelandet, eigentlich nur aus Langeweile und ein bisschen aus Neugierde. Dort bin ich dann auf Wotan gestoßen. Er klang super nett, total witzig und gleichzeitig ziemlich aufregend. Es hat gleich gut gepasst, zumal er in unserem Alter ist. Wir haben gechattet, keine Ahnung wie lange und wir haben Fotos ausgetauscht. Also, ganz normale Fotos, nichts unanständiges." An dieser Stelle verstummte meine Freundin.

„Nicht unanständig?", grinste ich. „Ja klar, davon bin ich ausgegangen. Eine Flirt Line? Warum nicht. Obwohl ich gar nicht gedacht hätte, dass du auf die Idee kommst. Dir laufen die Typen doch auch so nach. Aber okay, es scheint jedenfalls sehr anregend gewesen zu sein", half ich auf die Sprünge. „Ihr habt also gechattet und es hat euch gefallen. Oder besser gesagt, ihr habt euch gefallen."

„Das war nicht so ein normales Forum zum Daten", druckste Steffi herum. „Flirten kann man dort auch, aber auch Informationen und Tipps bekommen zum Thema ...", hier stockte sie schon wieder.

„Steffi!!!"

„Na ja, also, zum Thema BDSM."

„Nein!"

„Doch!"

Vor lauter Verblüffung wusste ich einen Moment nicht, was ich sagen sollte. Ich hatte gedacht meine beste Freundin zu kennen und jetzt kam sie damit um die Ecke.

„Wie du guckst! Jetzt bist du geschockt, was", sagte Steffi auch prompt. „Sei bloß nicht so spießig. Das ist ein ganz normales Forum wie viel andere. Es ist auch nicht so eine Schmuddel Plattform, wie du dir das vielleicht vorstellst. Im Gegenteil ist das ganz niveauvoll."

„Echt?"

„Ja, ehrlich. Du kennst mich lange genug."

Irgendwie konnte ich mir meine Freundin trotz ihrer Beteuerungen nicht in einem solchen Forum vorstellen.

Bilder von dunklen Kellern und vermummten Gestalten, die sich unter Schmerzen wandten, während andere Vermummte sie auf alle möglichen Arten verprügelten geisterten durch meinen Kopf. Das hatte für mich nichts mit Lust zu tun. Ich schüttelte verwirrt den Kopf.

„Ich war also durch Zufall dort gelandet und weil ich's interessant fand, bin ich in den Chat gegangen. Dort bin ich auf Wotan gestoßen oder er auf mich, wie man's nimmt. Wie gesagt, haben wir uns super unterhalten. Er hat mir erzählt, dass er dominant ist. Also in sexueller Hinsicht. Aber manchmal kann er auch devot sein."

Jetzt schien Steffi in Fahrt gekommen zu sein, denn sie redete immer schneller.

„Was er so geschrieben hat, hat mich ganz schön angemacht. Ich hatte schon fast vergessen, wie das ist, wenn einen ein Kerl richtig anmacht. Und das per Internet. Na ja, wir haben ein Date ausgemacht. Wotan will mir eine Menge beibringen. Er scheint viel Erfahrung zu haben. Ich bin immer noch ganz hin und weg."

An dieser Stelle musste sie Luft holen.

„Und du hast direkt mit Dominik Schluss gemacht", stellte ich verblüfft fest. „Hast du dich denn inzwischen mit dem Superman getroffen?"

„Noch nicht, aber es wird bald so weit sein. Was Dominik anbetrifft, so war das alles nichts mehr mit uns, das weißt du ganz genau. Ich glaube, ich hätte sowieso einen Schlussstrich gezogen. Es ist mir leichter gefallen, weil ich Wotan kennengelernt habe."

„So richtig kennengelernt hast du ihn noch nicht. Es ist etwas anderes ob du mit einem Mann chattest oder ihn live und in Farbe erlebst. Wenn du dich da nicht vertust. Vor allem: wer weiß, ob du tatsächlich schon beim ersten Date Sex mit ihm haben möchtest und er erwartet das von dir. Vielleicht kannst du ihn überhaupt nicht ausstehen, egal, was er dir im Chat geschrieben hat", versuchte ich meiner Freundin ins Gewissen zu reden. „Sei bloß vorsichtig! Wer weiß, was das für ein verkorkster Typ ist. Vielleicht ist er sogar ein Perverser, der dir etwas antut."

Steffi seufzte. „Ich sehe schon, du hältst mich für übergeschnappt und traust der ganzen Sache nicht, du olle Unke. Aber ich habe ein gutes Gefühl, ehrlich."

Ich zuckte mit den Schultern. „Du musst wissen was du tust, Mädel. Trotzdem habe ich ein total ungutes Gefühl, im Gegensatz zu dir. Aber von mir lässt du dir das Date sowieso nicht ausreden."

„Eben", grinste meine Freundin und schenkte uns Rotwein nach. „Und jetzt reden wir über etwas anderes."

***

Obwohl ich genug um die Ohren hatte, ging mir Steffis Wotan - Geschichte nicht aus dem Kopf.

Natürlich machte ich mir Sorgen um meine Freundin. Immer wieder las und hörte man schließlich Geschichten über Dates, die mithilfe des Internets zustande gekommen waren und, gerade für die Frauen, übel ausgegangen waren. Trotzdem schien Steffi wild entschlossen zu sein, sich mit ihrer Neueroberung zu treffen.

Sie hatte mir inzwischen ein Foto von Wunder - Wotan gezeigt. Ich musste zugeben, dass er tatsächlich gut aussah und dazu ganz normal und harmlos, aber das musste ja nichts heißen.

Wenigstens versprach sie mir, mich zu informieren, wo und wann sie sich mit ihm treffen würde und sich sofort nach dem Date bei mir zu melden.

Daran hielt sie sich tatsächlich. Der Anruf, den ich am späten Abend von ihr bekam zerstreute meine Bedenken fürs Erste. Steffi schien glücklich zu sein.

Mit atemloser Begeisterung schwärmte sie von dem Treffen und von Wotan. Noch schlimmer: Sie schien sich Hals über Kopf in ihn verliebt zu haben.

„... was soll ich sagen. Er ist unheimlich zärtlich und trotzdem dominant. Jedenfalls war er das heute, aber er sagt, dass ich auch die Peitsche benutzen darf. Er steht darauf. Ich werde mich mal nach ein paar Latex Klamotten umsehen, darauf steht er nämlich auch", säuselte es mir aus dem Handy entgegen.

„Ist ja gut. Du hast es also wirklich gleich beim ersten Date mit ihm getrieben", stellte ich genervt fest. „Das hätte ich nicht gedacht, aber gut. Du wirst schon wissen, worauf du dich einlässt."

„Sei nicht so spießig, Katja", kam es munter zurück. „Warum sollte ich ihn lange hinhalten. Schließlich gefällt er mir und nötig hatte ich es auch mal wieder. Du glaubst nicht, wie es sich anfühlt, wenn er mir die Arme festbindet und mich ..."

Ich unterbrach meine Freundin, bevor sie ins Detail gehen konnte.

„Keine Einzelheiten über Fesselspielchen und Peitschensessions, bitte. Inzwischen habe ich mir das berühmt - berüchtigte Buch mit den fünfzig Farbnuancen zu Gemüte geführt. Das ist zwar sehr informativ und stellenweise ganz schön anregend, hat mich aber nicht wirklich überzeugt. Übrigens verlässt sie ihn, jedenfalls am Ende des ersten Teils. Das ist ein gutes Ende, wie ich meine. Die Fortsetzungen werde ich mir sparen.

Ich bin froh, dass alles in Ordnung ist und dass es dir gut geht. Du klingst glücklich, was die Hauptsache ist. Lerne ich den Wunderknaben gelegentlich kennen oder hältst du ihn unter Verschluss?"

Zugegebenermaßen war ich neugierig geworden.

Steffi kicherte albern. „Da schau her. Kennenlernen möchtest du ihn schon? Obwohl du doch so skeptisch bist? Mal sehen. Wie du weißt, wollte ich in diesem Jahr meinen Geburtstag groß feiern, schließlich wird Frau nur einmal dreißig. Das wäre doch eine nette, ungezwungene Gelegenheit."

***

„Glaub mir, du siehst heiß aus und wunderschön. Du strahlst nämlich."

Ich war schon am Mittag bei Steffi aufgelaufen, um ihr bei den letzten Vorbereitungen für ihre Geburtstagsfeier zu helfen.

Alles war perfekt. Wir hatten uns aufgebrezelt und warteten auf die ersten Gäste. Meine Freundin gab sich mega nervös, was sich darin äußerte, dass sie mich zum gefühlt millionsten Mal nach ihrem Aussehen fragte.

Ich nahm sie in den Arm. „Alles gut, Süße. Das wird ein toller Abend."

Es klingelte und Steffi schwebte zur Tür. Ich folgte ihr in einigem Abstand, denn schließlich war sie die Hauptperson.

Auch heute war es genauso wie immer. Erst wartet man eine vermeintlich unendliche Zeit auf die Gäste und dann kommen sie alle auf einmal.

Steffi vergaß ihre Nervosität und genoss sichtlich den Abend, wenn sie auch ab und zu irritiert auf die Uhr schaute.

Kein Wunder, ihr neuer Freund war bisher nicht aufgetaucht und hatte sich auch sonst nicht gemeldet. Ich fragte mich, ob er überhaupt noch erscheinen würde oder ob die

Seifenblase Wotan, der Wunderknabe, heute einfach zerplatzen würde.

Wieder klingelte es.

„Ich mach' schon auf. Wahrscheinlich hat sich einer von den Rauchern ausgesperrt", mit diesen Worten winkte ich Steffi zu, die sich gerade am Buffet bedient hatte. Sie winkte zurück und schob sich ein Häppchen in den Mund.

So ging ich also zur Tür und öffnete sie mit Elan.

„Selbst Schuld", sagte ich sowohl schwungvoll als auch schadenfroh. „Das kommt davon, wenn man ein Süchtel ist", hier stockte ich.

Zum Einen weil mir die zwei Männer, die vor der Tür standen gänzlich unbekannt waren. Als Steffis beste Freundin hatte ich sogar die meisten ihrer Arbeitskollegen schon einmal gesehen. Zum Anderen schaute ich in ein Paar stahlblaue Augen, die mich interessiert und ein wenig belustigt musterten.

Ich räusperte mich, wobei ich merkte, dass mir die Röte in die Wangen schoss.

„Hallo", begann ich noch einmal. „Ihr wollt sicher zu Steffis Fete ... oder ...was ..."

Ich wurde mit einem energischen Ruck zur Seite geschubst. Meine Freundin strahlte den eher unscheinbaren Typen, der neben

Mister Stahlauge stand verliebt an. „Da bist du ja und meine beste Freundin hast du auch gleich kennengelernt. Katja, das ist Wotan."

„Hallo Wotan, schön dich endlich kennenzulernen", sagte ich irritiert und versuchte mich auf Steffis neuen Freund zu konzentrieren. Irgendwie gelang mir das nur mit Mühe.

‚Er sieht überhaupt nicht so gut aus, wie auf dem Foto, das ich gesehen habe, im Gegensatz zu seinem Bekannten. Er muss mit einem hervorragenden Foto Shop arbeiten. Wenigstens kommt dieser Wotan ganz normal rüber und nicht irgendwie aggressiv', dachte ich erleichtert.

„Guten Abend, Katja. Ich freue mich, deine Bekanntschaft zu machen", antwortete Wotan brav, wobei er den Arm um Steffis Schulter legte und sie kurz an sich zog.

„Hallo Süße. Es tut mir unendlich leid, dass ich so spät komme. Bitte verzeih mir. Du wirst es nicht glauben, aber so banal es klingt, es ist die Wahrheit. Mein Auto ist nicht angesprungen. Ich habe eine unendliche Zeit herumgemurkst, um die Karre wieder flott zu machen. Ein Glück, dass Alex in der Nähe war. Er hat mich gefahren. Ich habe ihn überredet auf einen Sprung mitzukommen. Du hast doch nichts dagegen, dass er mitfeiert, oder?"

„Alles klar, dann will ich mal. Viel Spaß noch."

Irrte ich mich oder schaute Mister Stahlauge plötzlich verlegen drein?

Er wandte sich um, was ihm nur unzulänglich gelang, denn Steffi fasste seinen Arm. „Halt, hiergeblieben. Natürlich bleibst du. Oder hast du noch etwas Wichtiges vor? Allerdings muss es sehr wichtig sein, sonst bin ich nämlich total beleidigt", grinste sie.

Wotan lachte laut auf. „Das habe ich dir doch gleich gesagt, Alex. Sie ist einfach süß. Jetzt komm schon."

Er wandte sich an Steffi und mich. „Er hat nichts vor, das hat er jedenfalls vorhin gesagt."

„Na dann", kurzentschlossen hakte sich meine Freundin bei Wotan und seinem Kumpel unter.

***

So sehr ich mich auch bemühte ihn zu ignorieren, irgendwie wanderte mein Blick im Laufe des Abends immer wieder zurück zu Alex, wobei ich öfter Blickkontakt mit ihm hatte, als mir lieb war. Fast kam es mir vor, als würde er mich beobachten, obwohl er sich blendend zu unterhalten schien. Die anwesenden Mädels fuhren nämlich ganz schön auf ihn ab. Er sah mit seinem durchtrainierten Körper und den ungewöhnlichen Augen ja auch nicht schlecht aus, das musste ich zugeben.

Als hätte er meine Gedanken erraten, lächelte er mich an. Wieder kam es mir vor, als wäre er belustigt, aus welchem Grund auch immer. So ein arroganter Kerl! Entschlossen drehte ich mich um. Sollten die Weiber ihn doch alle anschmachten. Ich würde das auf keinen Fall tun. Das fehlte noch. Ein Kumpel oder guter Freund von diesem komischen Wotan!

Steffis Neuer war mir nicht besonders sympathisch. Er trank ziemlich viel, gab sich laut und besserwisserisch. Zudem hörte sich die Geschichte mit dem nicht angesprungenen Auto sehr nach einer Ausrede an. Vielleicht sollte ich doch noch einmal mit meiner Freundin über ihn reden? Aber sie sah so glücklich aus. In Gedanken versunken nahm ich einen Schluck aus meinem Rotwein. Ehe ich mich versah, wurde mir nachgeschenkt.

„So nachdenklich?" Mister Stahlauge hatte sich unbemerkt angeschlichen.

„Ach was, ich habe nur einen toten Punkt", antwortete ich patzig. „Das braucht dich nicht um mich zu kümmern. Überhaupt hast du ja genug weibliche Gesellschaft!" Moment! Hatte ich das wirklich gesagt? Bitte? Was war jetzt los? Mir wurde heiß, zumal er leise lachte.

„Höre ich Missbilligung in deinem Ton", fragte er betont harmlos.

„Wieso das? Es ist mir ganz egal was du machst und wie du angeschmachtet wirst!" Die Worte sprudelten einfach aus mir heraus. Das war nicht wirklich ich. Ich holte tief Luft.

„Nun fahr die Krallen wieder ein. Du kennst mich doch gar nicht." Er schaute mich aufmerksam und interessiert an. Von Belustigung oder gar Arroganz war plötzlich nichts mehr zu sehen. Stattdessen musterte er mich mit einem Blick, bei dem ich weiche Knie bekam. „Angeschmachtet?", fuhr er fort. „Ach was. Das kommt dir nur so vor. Die Damen interessieren mich übrigens nicht. Du bist eine interessante Frau und eine Schönheit noch dazu. Ich würde dich gern näher kennenlernen. Obwohl ich glaube, dass du es einem Mann nicht immer leicht machst", fügte er mit einem schiefen Lächeln hinzu.

Diese Bemerkung und das komisch, verzweifelte Lächeln brachten mich zum Lachen. Meine Verlegenheit löste sich in Wohlgefallen auf. „So, meinst du?", grinste ich und nippte an meinem Weinglas.

„Ja, das meine ich", grinste er zurück. „Dich zu zähmen, das wäre eine wirkliche Herausforderung. Aber ich kann es mir gut vorstellen."

„Vorstellen kannst du dir was du willst, mein Lieber. Ich denke nicht, dass es zwischen uns zu so weit kommt. Zähmen, wie sich das anhört." Das sollte entrüstet klingen, aber irgendwie machte mich dieser Mann schon wieder atemlos. Keine Ahnung, was heute mit mir los war.

Er beugte sich nah zu mir und murmelte: „Nun, deine Krallen sind jedenfalls ziemlich spitz und deine Zunge scharf. Aber ich vermute mal, dass du genauso gut schnurren kannst." Dabei fuhr er sanft mit den Fingerspitzen einer Hand über meinen Oberarm. Sofort bekam ich eine Gänsehaut. Wie gebannt schaute ich in sein Gesicht.

„Na, amüsiert ihr euch gut", erklang eine Stimme hinter uns. Ich fuhr zusammen, drehte mich um und brachte so wieder einen Sicherheitsabstand zwischen Mister Stahlauge und mich. Steffi schaute von einem zum anderen. Unmerklich zwinkerte sie mir zu. „Es ist ein toller Abend, nicht wahr."

Auch Wotan gesellte sich zu uns. Er schlug Alex auf die Schulter. „Was läuft, Kumpel", sagte er mit einem fetten Grinsen. „Siehst du, ich habe dir gleich gesagt, dass es eine geile Fete ist, die meine Süße veranstaltet. Gut, dass ich dich mitgeschleppt habe. Hoffe du kommst auf deine Kosten."

Was sagte der Typ? Ungläubig schaute ich ihn und Steffi an. Sie hing an seinen Lippen und grinste leicht dümmlich.

Ehe ich etwas antworten konnte, meldete sich Alex zu Wort. „Hast du zu viel getrunken, oder was?" Er wandte sich zu Steffi und mir. „Sorry, er ist ein netter Kerl, aber er verträgt scheinbar keinen Alkohol. Wenn er zu viel getrunken hat, dann machen seine Äußerungen erst gar nicht den Umweg über das Gehirn."

„Ha, ha", lachte Wotan. „Umweg über das Gehirn, das ist gut. Das muss ich mir merken. Ist ein Intellektueller, der Alex. Komm, Süße, lass ihn reden. Wir sollten noch mal tanzen und etwas trinken. Nachher, wenn wir allein sind, zeige ich dir etwas ganz Spezielles."

Ich wollte es nicht glauben, aber meine Freundin kicherte wie ein Teenie und folgte ihrem Lover brav auf die improvisierte Tanzfläche. „Nicht wirklich! Wie ist der denn drauf?", murmelte ich, während ich den beiden hinterher sah.

„Das musst du nicht so ernst nehmen. Er ist im Grunde ein netter Kerl. Im Übrigen kann deine Freundin selbst auf sich aufpassen", erklärte Alex ernst. „Ich glaube, du machst dir ganz unnötige Sorgen um sie."

Insgeheim musste ich ihm zustimmen. Wenn Steffi auf diesen Wotan stand, dann war es nicht an mir, ihr das auszureden. Wahrscheinlich würde es mir sowieso nicht gelingen. Trotzdem hatte ich ein ungutes Gefühl, was den Typen anbetraf.

„Du hast Recht", antwortete ich achselzuckend. „Sie wird schon wissen was sie macht. Mein Typ ist er jedenfalls nicht."

„Das habe ich mir gedacht. Ich würde gern herausfinden, welche Art von Mann du gut findest. Wie wäre es? Würdest du in den nächsten Tagen mit mir essen gehen?" Mister Stahlauge rückte schon wieder näher an mich heran, was mich einmal mehr in heillose Verwirrung stürzte.

Demonstrativ schaute ich auf meine Uhr. „Du lieber Himmel, es ist schon drei Uhr vorbei. Langsam werde ich müde. Ich denke es wird Zeit nach Hause zu fahren." Ich zückte mein Handy, um ein Taxi zu rufen.

Alex blickte mich prüfend an. „Auch für mich wird es Zeit. Wenn du möchtest, dann bringe ich dich nach Hause. Du musst nicht extra nach einem Taxi zu telefonieren."

„Ja, nein. Ich weiß nicht." Zögernd ließ ich das Handy in meine Tasche gleiten.

„Du kannst mir vertrauen, weißt du", erklärte Alex belustigt. „Ich werde im Auto bestimmt nicht über dich herfallen. Und es ist auch nur ein Essen, um das ich dich gebeten habe, weiter nichts. Wie ich schon sagte: Ich würde dich gern näher kennenlernen."

Plötzlich kam ich mir ausgesprochen albern vor. „Ja klar", sagte ich. „Also, ich meine, klar, es würde mich freuen, wenn du mich nach Hause fährst und klar, natürlich können wir zusammen essen gehen." Ich kam schon wieder ins Stammeln. Es schien heute wirklich nicht mein Abend zu sein.

„Na also. Wir verabschieden uns jetzt von deiner Freundin und ich chauffiere dich heim. Unterwegs tauschen wir die Handynummern aus und machen einen Termin aus." Alex nahm sanft meinen Arm und buxierte mich in Richtung Steffi und Wotan.

***

Heute war ich genauso nervös, wie es meine Freundin an ihrem Geburtstag gewesen war.

Tatsächlich hatte Alex mich nach Hause gebracht. Genau genommen sogar bis vor die Haustür. Dort hatte er mir den Schlüssel aus der Hand genommen und die Tür geöffnet.
„So, ich wünsche dir eine gute Nacht. Träum etwas Schönes."
Doch bevor er zu seinem Auto ging, hatte er mir einen ganz leichten Kuss auf die Lippen gehaucht.
„Ich hatte mir schon gedacht, dass du wundervoll schmeckst", hatte er gemurmelt und sich endgültig auf den Weg gemacht.
Ich stand wie vom Donner gerührt da und schaute ihm nach, wobei ich immer noch seine Lippen auf den meinen spürte. Erst als er an mir vorbeifuhr und mir durch die geöffnete Seitenscheibe zuwinkte ging ich endgültig ins Haus.
Wir hatten auf der Heimfahrt unsere Handynummern ausgetauscht. Gleich am nächsten Tag meldete er sich, um einen Termin für ein gemeinsames Essen auszumachen.

Jetzt wartete ich auf ihn, denn wir hatten verabredet, dass Alex mich von zu Hause abholen würde.

Ob das wohl richtig war? Wäre es nicht besser gewesen, sich im Restaurant zu treffen? Die Türklingel riss mich aus meinen Gedanken.

Alex maß mich mit einem anerkennenden Blick. „Hallo, du siehst toll aus."

Ich lächelte. „Das Kompliment kann ich zurückgeben. Sollen wir gleich los? Der Tisch war für 20 Uhr bestellt, nicht wahr."

Ich hatte mir vorgenommen, mich heute nicht aus der Ruhe bringen zu lassen, obwohl mein Gegenüber beunruhigend gut aussah.

Er nickte. „Ja, wir können gern sofort losfahren."

Das Restaurant gefiel mir ausgesprochen gut, das Essen war hervorragend. Zudem erwies sich Alex als kurzweiliger Unterhalter, sodass ich mich bald einfach nur wohl fühlte. Er gab mir das Gefühl, etwas ganz besonderes zu sein. Welche Frau fühlt sich da nicht geschmeichelt!

Trotzdem brachte ich das Gespräch noch einmal auf Wotan und mein Unbehagen ihm gegenüber.

„Ich glaube nicht, dass er der Richtige für meine Freundin ist", gab ich zu. „Er hat so eine Art, die mir merkwürdig vorkommt."

Alex schaute mich aufmerksam an. „Du möchtest nicht, dass deine Freundin verletzt wird, nicht wahr."

Ich nickte. „Genau das ist es, was mir Bauchschmerzen bereitet. Steffi und ich kennen uns schon so lange. Wir sind durch dick und dünn gegangen und haben uns gegenseitig so oft getröstet, auch wenn eine Beziehung in die Brüche gegangen ist. Sie ist total verliebt, aber dein Freund macht nicht den Eindruck, als wäre er es auch. Allein die Geschichte mit dem Auto, das nicht angesprungen ist!"

„Er ist lediglich ein Bekannter", verbesserte Alex mich. „Eine Freundschaft verbindet uns nun wirklich nicht. Wir basteln beide gern an unseren Autos herum, daher kennen wir uns. Wenn es dich beruhigt: sein Auto lief wirklich nicht. Deshalb habe ich ihn gefahren. Ich hatte zufällig beruflich in seiner Gegend zu tun. Ich bin Bauingenieur und habe zurzeit ein interessantes Projekt dort. Auf dem Rückweg bin ich quasi an Wotans Haus vorbeigekommen. Deshalb habe ich kurz angehalten um Hallo zu sagen und einiges an Werkzeug, das er sich geliehen hatte gleich mitnehmen. Eigentlich hatte ich gar nicht geplant an der Geburtstagsfeier teilzunehmen." Er zögerte kurz, als wisse er nicht, ob er weitersprechen solle. „Das ich dann doch mitgekommen bin, ist eine Glückfall gewesen. Sonst hätte ich dich nicht kennengelernt." Er schaute mir tief in die Augen.

Verflixt, Mister Stahlauge brachte mich schon wieder dazu, rot zu werden.

„Das ist ganz bezaubernd", murmelte er, nahm meine Hand und führte sie an seine Lippen.

„Was meinst du?", fragte ich verwirrt.

„Du wirst tatsächlich noch rot, das gefällt mir."

Schnell zog ich meine Hand zurück. „Du brauchst dir gar nichts einzubilden. Das kommt dir nur so vor. Es liegt an der Beleuchtung hier", murmelte ich.

„Natürlich", antwortete er sanft.

Schließlich war der Abend zu Ende, wir standen vor meinem Haus.

Wieder schloss Alex mir die Tür auf. „Danke für den schönen Abend", sagte er und wandte sich zum Gehen.

Tausend Gedanken schossen mir durch den Kopf. Alex gefiel mir. Sollte der Abend wirklich schon zu Ende sein? Ich hatte mich ausgesprochen wohl gefühlt und gar keine Lust, jetzt allein in meinem Wohnzimmer zu sitzen oder schon ins Bett zu gehen.

Gut, dieser Mann verwirrte mich auf eine merkwürdige Weise, aber ich war durchaus in der Lage damit umzugehen. Die Herausforderung anzunehmen reizte mich. Warum sollte ich ihn also nicht noch zu einem Absacker zu mir einladen.

„Möchtest du noch auf einen Sprung mit reinkommen", sprudelte ich heraus, ehe ich es mir anders überlegte. „Der Abend war so schön. Wir können noch einen Kaffee trinken, oder so."

Er schaute mich verblüfft an. Scheinbar hatte er nicht damit gerechnet, was mir ein diffuses Triumph Gefühl verschaffte. Der Mann war also bei aller Arroganz doch in Erstaunen zu versetzen.

„Nur wenn du möchtest", grinste ich. „Auf einen Kaffee. Keine Sorge, du kannst mir vertrauen. Ich werde nicht über dich herfallen." Es machte mir Spaß, seine Worte von Steffis Party zu widerholen.

Er stieß hörbar die Luft aus. „Gern."

„Mach es dir bequem. Ich koche uns einen Kaffee", mit diesem Worten ging ich in die Küche, die nur durch eine Theke vom Wohnzimmer getrennt war.

Leise vor mich hin summend füllte ich Wasser in den Kaffeeautomaten. Immer noch freute es mich diebisch, dass ich Mister Stahlauge in Verlegenheit versetzt hatte. „Cappuccino? Latte Macchiato? Espresso? Was möchtest du?", fragte ich über die Schulter.

„Dich möchte ich."

Zwei Arme umfingen mich. Er hauchte mir einen Kuss in den Nacken. Sanft drehte er mich zu sich um, senkte sein Gesicht, küsste mich zögerlich, wie, um mir Zeit für einen Rückzug zu geben.

Doch das wollte ich plötzlich gar nicht. Wie von selbst schmiegte sich mein Körper an ihn, mein Mund öffnete sich. Ich vergrub meine Hände in seinem Haar, während unsere Zungen miteinander spielten.

Gleichzeitig wanderten seine Hände über meinen Körper. Er öffnete die Knöpfe meiner Bluse, ließ die Hände in die Körbchen meines BHs gleiten, streichelte meine Brüste. Schließlich schob er das störende Teil zu Seite, senkte den Kopf und liebkoste meine Nippel mit dem Mund.

Erregung durchflutete mich, ich schloss die Augen ...

... um sie irritiert wieder aufzureißen, denn er hatte mich abrupt losgelassen.

„Ich will dich, aber nicht so."

Mit diesem Satz verwirrte er mich einmal mehr. Ich holte tief Luft, versuchte meinen Atem unter Kontrolle zu bekommen.

„Es ist schon in Ordnung ... wenn du nicht willst ...", murmelte ich, noch immer außer Atem. „Du musst nichts weiter sagen, geh einfach. Vielleicht ist das besser so."

Entschlossen trat ich einen Schritt zurück. Natürlich fühlte ich mich gekränkt. Was war das bloß für ein komischer Vogel? Erst küsste er mich, bis ich weiche Knie bekam und dann machte er einen Rückzieher. Hektisch verpackte ich meine Brüste wieder im BH und schloss die Knöpfe meiner Bluse, was mir nur mit Mühe gelang.

Alex hatte ruhig dagestanden und mich gewähren lassen, jetzt steckte er die Hände aus. „Komm her", sagte er ruhig.

„Pah, ich denke gar nicht daran!", erwiderte ich trotzig. Beinahe hätte ich mit dem Fuß aufgestampft, zügelte mich aber in der letzten Sekunde.

Ehe ich mich versah, hatte Alex mich gepackt, über die Schulter geworfen und zum Sofa getragen. Hier ließ er mich unsanft in die Polster fallen und setzte sich dicht neben mich.

So hatte mich noch kein Mann behandelt. Vor lauter Verblüffung starrte ich ihn mit offenem Mund an, ließ sogar zu, dass er meine Hände in die seinen nahm, mir einen Kuss auf die Innenseite des Handgelenks hauchte.

„Ich will dich mehr, als du dir das vorstellen kannst. Vom ersten Augenblick an war ich verrückt nach dir. Als du an Steffis Geburtstag die Tür geöffnet hast habe ich nur gedacht: ‚Bitte nicht! Das darf nicht Wotans neue Partnerin sein.' Ich war unheimlich erleichtert, als sich herausstellte, dass du Steffis Freundin bist."

„Ja, aber ...". Ich verstand die Welt nicht mehr und Alex am allerwenigsten. Wenn er verrückt nach mir war, wieso hatte er mich vorhin nicht einfach weitergeküsst?

„Ich weiß, was du denkst. Es ist ein wenig kompliziert."

Er fuhr sich mit den Händen durchs Haar. Fast kam es mir vor, als wäre er plötzlich gar nicht mehr so selbstsicher.

„Ich will dich auf eine ganz besondere Weise und ich bin überzeugt davon, dass du es in vollen Zügen genießen wirst.

„Ich verstehe dich nicht. Was meinst du?", fragte ich irritiert. Meine Wut war mit einem Schlag verschwunden und hatte einer grenzenlosen Verwunderung Platz gemacht. Alex nahm mich in den Arm. „Bitte hör mir erst zu, bevor du voreilige Schlüsse ziehst.

Ich stehe einfach nicht auf Vanillasex. Das ist nicht mein Ding."

„Was? Vanillasex? Das habe ich ja noch nie gehört", unterbrach ich ihn, was mir einen sanften Schubs einbrachte.

„Du sollst mich nicht unterbrechen, habe ich gesagt. Bitte hör mir erst einmal zu. Vanillasex, meinetwegen auch Blümchen Sex. Das ist manchmal ganz nett, aber auf Dauer unbefriedigend für mich. Genau das will ich, eine dauerhafte Beziehung mit dir. Ich will, dass du dich mir unterwirfst. Ich will dich beherrschen, ganz und gar, dich zähmen, dich aber auch glücklich machen. Ich garantiere dir, dass du noch nie so befriedigt worden bist, wie wenn du dich mit mir einlässt."

Während ich ihn, völlig aus dem Konzept gebracht, anstarrte, lächelte er leise und fuhr mit dem Daumen den Konturen meines Mundes nach.

„Keine Sorge, ich werde nichts machen, was du nicht willst und dich ganz langsam an diese Art der Liebe heranführen. Aber du musst mir vertrauen."

„Liebe?", entfuhr es mir entsetzt. „Was hat das mit Liebe zu tun?"

Wieder umspielte das leise Lächeln seine Lippen und ließ ihn unwiderstehlich gut aussehen.

„Liebe und Vertrauen. Das sind die Grund-regeln einer Beziehung. Jedenfalls für mich. Dazu gehört aber auch, dass du allein mir gehörst."

„Sag mal, was ist das denn für ein Spielchen? Hast du das mit deinem Kumpel abgesprochen", platzte es aus mir heraus. „Das kann ja wohl nicht wahr sein. Hat er dich deshalb mitgenommen? Er probiert seine Peitschen bei Steffi aus und du bei mir? Wobei er sich auch von ihr schlagen lassen will. Aber das ist wohl nicht so dein Ding, was?"

Jetzt war es an Alex, verblüfft zu schauen. „Wie meinst du das?", fragte er konsterniert. „Meinst du, dass Wotan ..."

Unwillkürlich musste ich lachen. „Jetzt sag nur nicht, dass du es nicht wusstest. Steffi hat Wotan in einem BDSM Forum kennengelernt. Sie haben gechattet und er hat ihr natürlich sofort von seinen Neigungen erzählt. Wobei er sowohl als auch ist."

Alex Gesichtsausdruck sprach Bände. Scheinbar hatte er keine Ahnung gehabt. Er schüttelte den Kopf.

„Nein, ich weiß wirklich nicht, was Wotan in sexueller Hinsicht so alles treibt. Um ehrlich zu sein interessiert mich das auch nicht. Ich pflege mich nicht mit anderen Männern über ihre oder meine Bettgeschichten auszutauschen. Das ist nicht mein Niveau. In irgendwelchen Foren bin ich auch nicht vertreten. Das ist schon gar nicht mein Fall. Du meine Güte." Ungläubig schüttelte er den Kopf.

Obwohl es mich selbst verblüffte, glaubte ich Alex jedes Wort. Er schien mir nicht der Typ Mann zu sein, der mit seinen Freunden schlüpfrige Geschichten austauschte.

Als hätte er meine Gedanken erraten, schaute er mich ernst an.

„Ich habe das wirklich nicht gewusst. Aber ich würde es verstehen, wenn du mir nicht glaubst und mich deshalb nicht mehr sehen willst. Es wird besser sein, wenn ich jetzt gehe. Überleg es dir. Ich würde mich sehr freuen, wenn wir noch einmal von vorn anfangen können. Vielleicht können wir einfach zusammen etwas trinken, ganz unverbindlich. Aber das ist deine Entscheidung Ich hoffe du meldest dich bei mir."

***

„Wie sieht es aus, Katja, sind sie fertig?"
Mein Chef steckte den Kopf durch den Tür-
spalt und schaute mich fragend an.
Schuldbewusst erwiderte ich den Blick. „So-
fort, nur noch ein paar Sätze. Ich bringe
Ihnen das Gutachten gleich in ihr Büro."
Verflixt! Das verunglückte Date war schon
über eine Woche her. Trotzdem geisterte
Mister Stahlauge unentwegt durch meine
Gedanken, sodass ich mich nur schwer auf
meine Arbeit konzentrieren konnte. Verbis-
sen tippte ich den restlichen Text des Kfz-
Gutachtens in meinen Computer, denn ein
Rüffel von meinem Arbeitgeber wollte ich
mir nicht auch noch einfangen. Zu allem
Überfluss klingelte mein Handy.
„Hallo, Herzchen", begrüßte mich eine uner-
träglich fröhliche Steffi. „Wie schaut es bei
dir? Geht es dir gut? Was meinst du, sollen
wir uns heute Abend im Bistrot treffen?
Oder hast du Lust bei mir vorbeizuschauen.
Ich habe heute schon früher Feierabend
gemacht und hätte Bock auf einen Weiber-
plausch."
Ich seufzte genervt. „Hallo Steffi. Du, ich habe in Moment ziemlich viel zu tun. Ich melde mich nachher bei dir."

„Ach was, komm doch einfach nach der Arbeit bei mir vorbei. Wir bestellen uns Pizza, eine Flasche Rotwein ist noch da, und klönen ein bisschen." Steffi ließ sich nicht in ihrer guten Laune erschüttern und sich auch nicht abwimmeln.

„Also gut, bis nachher", sagte ich daher kurzentschlossen.

„Bis gleich, ich freue mich."

„Sag mal, wie läuft es so mit Wunder - Wotan und dir?", fragte ich vorsichtig interessiert.

Wir saßen gemütlich in Steffis Küche, einen Karton mit Pizzastücken zwischen uns.

„Och, ganz gut", antwortete meine Freundin und griff herzhaft zu. „Es schleift sich mit der Zeit halt ab", erklärte sie kauend.

„Was? Jetzt schon? So lange kennt ihr euch doch noch gar nicht. Wie meinst du das genau?" Ihre Worte ließen mich hellhörig werden.

„Na ja, ich habe ihn jetzt seit einer Weile nicht gesehen und stelle fest, dass mir das nichts ausmacht. Dabei dachte ich zuerst, es wäre die ganz große Liebe."

Steffi erstaunte mich immer wieder. In diesem Fall schien der Verlust der ganz großen Liebe sie nicht großartig zu belasten.

„Aber ich dachte, dass er dich so unglaublich fasziniert und anmacht. An deinem Geburtstag hatte ich jedenfalls noch den Eindruck, dass du schwer in ihn verschossen warst. Latexklamotten wolltest du dir auch kaufen", das sagte ich, zugegebenermaßen mit einem Grinsen, das Steffi allerdings ignorierte.

„Verschossen war ich ja auch. Es war alles neu für mich und aufregend. Mit dem Forum, mit mit Wotan sowieso und überhaupt. Ich habe etwas Neues ausprobiert und festgestellt, dass es nicht so wirklich mein Ding ist. Zudem will er immer öfter, dass ich ihn mit der Peitsche züchtige - ich sag's mal vorsichtig. Besonders Schläge auf sein ... na ja ... Ding machen ihn an. Ansonsten geht bei ihm plötzlich gar nichts mehr. Das ist manchmal Schwerstarbeit. So habe ich mir das nun wirklich nicht vorgestellt. Überhaupt kannst du dir nicht vorstellen, wie heiß und ungemütlich sich Latexklamotten auf der Haut anfühlen!"

An dieser Stelle konnte ich nicht mehr an mich halten. Das Lachen blubberte einfach aus mir heraus. Zum Glück war meine Freundin nicht besonders empfindlich, sondern stimmte mit ein.

„Tja, so ist das", sagte sie und tupfte sich die Lachtränen aus den Augenwinkeln. „Es kommt noch etwas dazu. Dominik ist mir letztens über den Weg gelaufen. Er hat wirklich unter der Trennung gelitten und ich glaube, dass er daraus gelernt hat."

„Jetzt sag mir nur nicht, dass du es noch einmal mit ihm versuchen willst. Das ist einmal nicht gut gegangen. Meinst du, dass es jetzt besser passt? Was wird dann aus Wotan? Willst du ihn in die Wüste schicken? Oder willst du mit beiden ..."

Steffi biss erneut in ein Pizzastück, verzog aber den Mund. „Schon kalt. Ich stelle die Pizza kurz in die Mikrowelle."

„Jetzt lenk mal nicht ab, Perle."

„Tu ich nicht", erklärte meine Freundin, während sie die Mikrowelle bediente.

„Ich denke, dass die Sache mit Wotan nur eine Episode war. Letztendlich ist das, was er möchte nicht mein Ding. Dominik, das ist eine andere Geschichte. Ihn kenne ich und weiß ihn einzuschätzen. Wir haben beschlossen, es langsam angehen zu lassen. Vielleicht klappt es ja dieses Mal besser mit uns. Aber sag mal, wieso erkundigst du dich eigentlich so nach Wotan? Ich hatte bis jetzt den Eindruck, dass du von der SM Geschichte gar nichts hören wolltest, dass du in dieser Hinsicht ziemlich prüde und spießig bist."

Das war typisch Steffi. Sie hielt mit ihrer Meinung nicht hinter dem Berg, aber darum mochte ich sie ja.

„Es ist kompliziert", nuschelte ich, während ich einen Schluck Rotwein trank.

Steffi musterte mich eingehend. „Ich wette es hat etwas mit dem heißen Alex zu tun, den du auf meiner Geburtstagsfete nicht aus den Augen gelassen hast. Und er dich auch nicht. Mädel, die Luft zwischen euch hat ganz schön geknistert. Du brauchst nicht rot zu werden. Erzähl schon, was geht zwischen euch ab."

Mist, mir wurde heiß. „Es ist kompliziert", wiederholte ich etwas dümmlich. „Er ... ähm ... er hat mich zum Essen eingeladen. Nachher waren wir noch bei mir und da hat er mich geküsst, aber dann wollte er nicht. Also, er wollte schon, aber eben anders ... ähm ... so ähnlich wie Wotan, aber ich glaube nicht, dass er sich von mir hauen lassen will. Er weiß, glaube ich, auch gar nichts von Wotans Praktiken und Vorlieben ... ähm ... und umgekehrt auch nicht. Vermute ich mal. Jedenfalls ist er gegangen und hat gesagt, dass ich mich bei ihm melden soll, wenn ich will ... ihn will ... oder so", an dieser Stelle trank ich vor Verlegenheit mein Glas leer, verschluckte mich prompt und bekam einen Hustenanfall. Steffi hatte mir fasziniert zugehört. Sie schien mein Gestammel auch auf Anhieb verstanden zu haben.

„So, so", schmunzelte sie, während sie mir sanft auf den Rücken klopfte. „Hat es dir denn mit ihm gefallen? Findest du ihn heiß?"

Irrte ich mich, oder genoss meine Freundin die Situation?

„Ja, nein, ja, es hat mir gefallen, klar. Und er gefällt mir auch, obwohl er mich manchmal ganz schön aus dem Konzept bringt. Aber ob das, was er mit mir vorhat mir gefällt, das weiß ich nicht. Das macht mir Angst. Trotzdem muss ich immerzu an ihn denken."

Steffi schenkte mir Wein nach.

„Woher willst du wissen ob es dir gefällt, wenn du es nicht ausprobierst?", stellte sie nüchtern fest. „Ich glaube, dass du eher Angst davor hast, dass es dir gefällt, als umgekehrt."

Für einen Moment schaute ich meine Freundin verblüfft an, denn diese Feststellung erschiene mir plötzlich gar nicht so abwegig. „Meinst du?", fragte ich zögernd.

„Ja, das meine ich. Überleg es dir, Schätzchen. Da fällt mir noch etwas ein, das dir ein bisschen Sicherheit geben könnte: Als ich mich zum ersten Mal mit Wotan getroffen habe warst du meine Rückversicherung.

Dieses Mal rufst du mich nach dem Date an, ja. Ich habe mich übrigens bei Wotan über Alex erkundigt. Alexander Salvini ist mit seiner Firma recht erfolgreich unterwegs. Er fährt unter anderem einen 1968er Ford Mustang. Die Männer kennen sich, weil beide gern an ihren Autos herumbasteln, wobei sie zur selben kleinen Werkstatt fahren. Dort sind sie auch ins Gespräch gekommen. Allerdings lässt Alex öfter basteln. Wotan macht alles selbst. Ich glaube er ist neidisch auf Alex, wenn er es auch nicht so raushängen lässt."

„Dass Alex eine Firma hat weiß ich, weil ich ihn gegoogelt habe. Schon bevor ich mit ihm Essen gegangen bin. Das ist doch wohl klar. Aber es ist mir total egal was er macht und ob er viel Kohle hat oder nicht."

„Dein Alex benimmt sich ja auch nicht abgehoben oder so, sondern gibt sich total normal. Das finde ich richtig gut. Geh einfach noch mal mit ihm aus und hör dir in Ruhe an, was er zu sagen hat. Damit vergibst du dir nichts."

Ich schüttelte den Kopf. „Mein Alex? Wirklich! Du spinnst. Du tust gerade so, als wäre ein Date mit ihm schon eine beschlossene Sache. Ich denke nicht, dass ich mich darauf einlasse."

***

Die Unterhaltung mit meiner Freundin war nicht ohne Folgen geblieben.

Zu Hause angekommen, ging mir einer ihrer Sätze gar nicht mehr aus dem Kopf. ‚Wie willst du wissen, ob es dir gefällt, wenn du es nicht ausprobierst', hatte sie gesagt und eigentlich hatte sie Recht. Vergeblich versuchte ich mich abzulenken, aber es war sinnlos. Schließlich griff ich zum Handy. Das Telefongespräch erwies sich als unkompliziert, Alex und ich verabredeten uns für den nächsten Nachmittag.

Nun saßen wir in einer gemütlichen Nische in der Bar, in der wir uns verabredet hatten. Wie schon bei unserem ersten Date hatte Alex mich von zu Hause abgeholt. Zur Begrüßung streifte er meinen Mund vorsichtig mit seinen Lippen. „Dein Anruf hat mich sehr gefreut", lächelte er.

Ich muss dich unbedingt etwas fragen", platzte ich heraus.

Alex lächelte. „Das dachte ich mir und ich werde dir ehrlich antworten."

Ich schluckte und holte tief Luft. „Du möchtest, dass ich mich dir unterwerfe, hast du gesagt. Das heißt dann, dass du mein ...", das passende Wort fiel mir nicht ein.

„Das ich dein Dom bin", komplettierte er den Satz. „Dom, Dominus, was nichts anderes als Herr bedeutet."

Wieder schluckte ich. „Du bestimmst dann also über mich, nicht wahr? Was ist, wenn ich das nicht machen kann, was du von mir verlangst?" Ich war leiser geworden und schaute auf meine Hände.

„Schau mich an, bitte." Alex hob behutsam mein Kinn. „Ich habe dir schon einmal gesagt, dass du keine Angst zu haben brauchst. Ich will, dass du dich ganz und gar auf mich einlässt und zwar freiwillig. Es geht nicht darum dich zu verletzen, verstehst du. Auch nicht darum, dass du dich schlecht fühlst, dass du weinend in einer Ecke sitzt. Ich möchte eine ganz besondere Art von Liebe mit dir teilen."

„Was würdest du mit mir machen?", fragte ich mit klopfendem Herzen.

„Nun, zunächst würde ich dir die Augen verbinden, dich dann fixieren. Schließlich werde ich dich nehmen, wie es mir beliebt. Aber keine Sorge, es wird dir gefallen. Falls du etwas nicht möchtest und ‚Stopp' sagst, höre ich sofort auf. Das ist ein fester Bestandteil der Verabredung und gehört selbstverständlich dazu."

„Machen wir vorab einen schriftlichen Vertrag oder so etwas?" Diese Frage purzelte unwillkürlich über meine Lippen. Schon als ich sie aussprach, kam sie mir ziemlich dumm vor.

Alex lachte auf. „Nein, das wird nicht erforderlich sein. Eine deutliche Absprache und Vertrauen reichen völlig aus. Es mag sein, dass Millionäre ellenlange Verträge aufsetzen lassen und diese alle drei Monate neu verhandeln. Du hast das Buch also auch gelesen?", fügte er grinsend hinzu.

Ich nickte. „Habe ich. Aber nur den ersten Teil. Das hat mir gereicht."

„So, so. Nun, das bleibt dir überlassen." Er schaute mir tief in die Augen. „Ich will dein Vertrauen, weißt du."

Schon wieder fing mein Herz an zu bubbern. „Wirst du mich schlagen?", hauchte ich atemlos.

„Ja, das könnte sein."

Ich schluckte. „Mit einer Peitsche?"

Alex lächelte leise. „Wir werden sehen, zuerst vielleicht lieber mit meiner Hand."

„Wirst du mir wehtun?"

„Wahrscheinlich, für einen Moment. Dann wirst du es mögen. Du wirst mich anflehen es noch einmal zu tun." Er nahm meine Hand, fuhr sanft über die Innenseite meines Handgelenks. „Ich werde dich nicht jedes Mal schlagen. Diese Art von Liebesspiel hat viele Facetten. Oft wird das falsch dargestellt und auch falsch interpretiert. Letztendlich sollen beide Partner glücklich sein." Ich war hin und her gerissen. Alex Ausführungen machen mir ein wenig Angst. Gleichzeitig verursachten sie ein angenehmes Kribbeln. Noch schlimmer, mein Körper reagierte eindeutig. Ich war bei seinen Schilderungen feucht geworden. Trotzdem - sollte ich mich wirklich auf ihn, auf die geschilderte Situation einlassen? Würde der Abend mit ihm nicht in einem Desaster enden? Oder würde mir seine Art Liebe zu machen tatsächlich gefallen?

„Wenn du dich mir anvertraust, wirst du es nicht bereuen. Aber du allein triffst die Entscheidung", sagte Alex leise.

Ich glaube, dass dieser letzte Satz den Ausschlag gab.

„Ich mache es", hörte ich mich flüstern.

Alex hatte wohl die Luft angehalten, denn er atmete hörbar aus. „Schön, danke für dein Vertrauen. Es gibt einschlägige Clubs. Dort könnte ich ein Zimmer mieten, das mit allem ausgerüstet ist. Wenn du das möchtest, dann treffen wir uns dort. Allerdings wäre es besser finden, wenn du zu mir kommst. Das ist intimer", er schaute mich prüfend an. „Was meinst du?"

***

Ich saß im Taxi, das mich zu Alex Wohnung bringen sollte.

Eine Woche war vergangen, in der wir uns nicht getroffen, sondern nur miteinander telefoniert hatten.

Mit jedem Tag wurde ich unsicherer. Alex forderte bedingungslose Unterwerfung von mir, ich sollte mich ihm ausliefern. Der Gedanke erregte mich, stieß mich aber gleichzeitig ab.

Steffi hatte ich von meinem Date unterrichtet. Sie war aus allen Wolken gefallen.

„Das glaube ich jetzt nicht. Du triffst dich tatsächlich mit Alex? Das hätte ich dir gar nicht zugetraut. Ich habe fest damit gerechnet, dass du's nicht machst."

„Um ehrlich zu sein, habe ich mir das auch nicht zugetraut. Das ist eine Bauchentscheidung. Mein Kopf sagt immer noch: Wie kannst du nur. Aber wie hast du so schön gesagt: Wenn ich es nicht ausprobiere, dann weiß ich nicht, ob ich's nicht doch mag."

Kann es sein, dass du ein kleines bisschen verknallt in Alex bist?", grinste Steffi. „Ich kann dich ganz gut verstehen. Er sieht super aus.

„Ja, das könnte sein", grinste ich zurück. „Ich mag ihn sehr. Vor allem schien er völlig ehrlich zu sein. Aber sag mal, was ist denn jetzt bei dir los? Hast du Wotan tatsächlich abserviert? Wie hat er reagiert?"

„Erstaunlich nett und verständnisvoll. Das hätte ich ihm nicht zugetraut. Er respektiert meine Entscheidung, sagt er. Wir telefonieren öfter miteinander und sind immer noch gute Bekannte. Aber ins Bett gehen wir nicht mehr miteinander. Er würde schon gerne, aber ich habe keine Lust auf ihn. Es war mir auf Dauer einfach zu anstrengend, ihn immerzu zu züchtigen und zu beschimpfen. Das hatte ich völlig anders verstanden, als wir uns kennengelernt haben."

Mir kam ein Gedanke, der mich kichern ließ.

„Das kann ich gut verstehen. Vor allem kriegst du nachher noch einen Tennisarm von Schwingen der Peitsche."

„Doofe Henne", kichert Steffi. „Aber da ist was Wahres dran. Jedenfalls haben wir keinen Stress miteinander oder so. Übrigens sind Dominik und ich auch auf einem guten Weg. Wir haben uns ein paar Mal getroffen und es war einfach schön. Ehe du mich fragst, er weiß über Wotan Bescheid und hat es akzeptiert. Schließlich hatte er auch eine Andere, ich hatte also Recht mit meiner Vermutung. Aber mit ihr hat er schon vor einiger Zeit Schluss gemacht. Voilá, alles ist gut. Jetzt musst du auch noch Glück mit deinem Date haben, dann wäre alles perfekt."

„Wir sind da", unterbrach der Fahrer meine Gedanken. Ich reichte ihm das Geld, stieg aus und schaute mir den Apartmentkomplex an, bevor ich in Richtung Haustür ging. Ja, die Mieten hier waren wahrscheinlich nicht gerade billig. Das hatte ich mir gedacht.

Alex erwartete mich an der Fahrstuhltür. „Es ist schön dich zu sehen. Bitte komm doch herein."

Er führte mich in einen ziemlich großen Raum, der in verschiedene Bereiche eingeteilt war.

„Das Penthouse?" Ich ging zu der riesigen Fensterfront, die einen atemberaubenden Blick bot. „Das sieht wirklich toll aus."

„Nun, die Geschäfte laufen nicht schlecht und der Blick ist es wert", schmunzelte Alex. Er kam auf mich zu, löste sanft meine vor der Brust verschränkten Arme. Dann führte er meine Hände hinter meinen Rücken und hielt sie fest, sodass sich unsere Körper automatisch aneinander pressten. Sanft küsste er mich. Wie von selbst erwiderte ich seinen Kuss. Dieser Mann wusste genau, was er tat. Als hätte er diesen Gedanken gehört, löste er sich abrupt von mir. „Ich habe eine Kleinigkeit zu Essen besorgt. Ich hoffe du magst die italienische Küche."

Im Essbereich war der Tisch schön gedeckt, das Essen duftete verlockend. Trotzdem brachte ich kaum einen Bissen herunter. Auch vom Rotwein nippte ich nur.

Meine Kehle war wie zugeschnürt. Ein Gedanken Kaleidoskop schwirrte durch meinen Kopf. Was würde Alex gleich mit mir machen? Ich war unsicher und ängstlich, doch gleichzeitig erregt. So sehr erregt, dass er mich gleich hier am Tisch hätte nehmen können.

„Schau mich nicht so an, Kleines, sonst landest du gleich hier auf dem Tisch", sagte er mit samtweicher Stimme.

Schnell senkte ich den Blick.

„Du scheinst keinen Appetit zu haben. Jedenfalls nicht aufs Essen." Er stand auf und reichte mir seine Hand. „Komm bitte mit."

Im Schlafbereich ließ er mich los und fixierte mich mit einem kühlen Blick.

„Ab sofort tust du, was ich dir befehle. Du bewegst dich wie und wann ich will. Du wirst nur sprechen, wenn ich es dir ausdrücklich erlaube. Auch einen Orgasmus bekommst du nur, wenn ich es dir zugestehe. Hast du mich verstanden?"

Erschrocken schnappte ich nach Luft. Diese Seite von Alex war mir neu. Ergeben nickte ich und senkte den Kopf.

„Zieh dich aus, der Blick bleibt dabei gesenkt", befahl er schroff.

Ich gehorchte, ließ mein Kleid langsam über die Schultern hinabgleiten, zog die Schuhe aus, streifte meinen Slip ab. Der Gedanke, dass Alex mich zum ersten Mal nackt sah, ließ mich erschauern, erregte mich. Meine Brustwarzen richteten sich auf, ließen die Erregung deutlich erkennen.

„Du bist wunderschön", sagte Alex mit belegter Stimme. „Jetzt streck mir die Hände entgegen."

Ich gehorchte. Er band meine Hände geschickt mit einem Seil zusammen. Dann hob er meine Arme, befestigte die Fesseln an einem Haken, der von der Decke baumelte. Diese Vorrichtung war mir in meiner Aufregung vorher gar nicht aufgefallen.

Ich biss mir auf die Lippen, denn beinahe hätte ich das gesagt.

Alex schien es bemerkt zu haben.

„Brav, Glück gehabt", sagte er und lächelte kurz.

Dann stellte er sich hinter mich und legte mir eine Augenbinde an. Für einen Moment zögerte er, dann entfernte er sich.

„Lovin can hurt, lovin can hurt sometimes". Der Song ‚Photograph' von Ed Sheeran erklang.

Ein Schauer erfasste mich, ließ mich frösteln, denn die zärtliche Melodie stand in einem unglaublichen Gegensatz zu meinen Fesseln.

Unruhig bewegte ich den Kopf, konnte aber natürlich nichts sehen. Wo war Alex jetzt? Er ließ mich warten. Ich konnte nicht abschätzen wo er sich befand, was er machte. Mein Herz begann zu rasen, mein Atem ging schneller.

„Du must keine Angst haben, Kleines. Es wird dir gefallen", raunte er in mein Ohr, streichelte mich sanft.

Alex war unbemerkt hinter mich getreten. Seine Fingerspitzen strichen über meine Wange, meinen Hals, über meine Brust. Mit dem Daumen liebkoste er die Nippel, zwirbelte sie dann sacht. Ich erschauerte, während seine Hand über meinen Bauch fuhr, dann tiefer, zwischen meine Beine glitten. Für einen Moment drang er in mich ein, fühlte meine Nässe.

„Dacht' ichs mir doch. Du bist mehr als bereit für mich", flüsterte er, drängte sich an mich, umfing mich mit den Armen.

Erst jetzt bemerkte ich, dass er nackt war, fühlte seine harte Erregung an meinem Po. Abrupt löste er sich von mir.

Wenig später spürte ich einen Schlag. Vor Schreck stieß ich einen Schrei aus, was ihn heiser auflachen ließ.

„Ich habe dir nicht erlaubt zu schreien", knurrte er und schlug wieder zu.

Ein Brennen ließ meine Haut prickeln. Er legte seine Hand auf die Stelle, auf die er geschlagen hatte. Ich spannte mich an, atmete tief ein und erwartete den nächsten Schlag. Doch er ließ sich Zeit, strich über meine Pobacken. Unwillkürlich hielt ich den Atem an.

„Nicht die Luft anhalten!"

Schon spürte ich den nächsten, heftigeren Schlag, dieses Mal auf der anderen Seite. Wieder legte er seine warme Hand auf die Stelle. Fast sofort wurde aus dem Schmerz ein anregendes Kribbeln. Hitze schoss durch meinen Körper.

Noch einmal schlug er zu, dann wieder. Jedes Mal legte er die Hand für ein paar Minuten auf die Stelle, auf die er geschlagen hatte.

„Gefällt es dir?"

„Ja", flüsterte ich.

Ein warnender Schlag traf mich. „Lauter! Ich habe dich gefragt, ob es dir gefällt."

„Ja, es gefällt mir."

„Ich schätze, dann wirst du dies auch mögen." Alex entfernte sich wieder.

Einen Moment später spürte ich, dass etwas meine Haut berührte, über die Innenseiten meiner Oberschenkel strich. Sie öffneten sich wie von selbst.

„Wie fühlt sich das an?"

„Was ist das?", keuchte ich überrascht.

„Ein Paddle. Das ist eine Peitsche mit einer Lederlasche. Damit kann ich sehr sanft sein, wenn ich das möchte, oder aber energisch."

Er schlug mit einem kurzen Ruck gegen meine Schenkel. Dann umrundete er mich, schlug immer wieder zu. Manchmal sehr zart, dann wieder fest. Jeder Schlag ließ mich zusammenzucken, doch gleichzeitig erregte er mich. Als das Paddle meine Brustwarzen streifte, stöhnte ich lauf auf.

„Hast du es noch immer nicht verstanden? Du stöhnst nur, wenn ich es dir erlaube. Okay, dann wirst du jetzt bestraft, damit du es dir merkst", knurrte Alex.

Gleichzeitig spürte ich das Paddle zwischen meinen Schenkeln. Vergeblich versuchte ich sie zu schließen. Alex verhinderte es, indem er mir leicht auf die Innenseite schlug. Als ein spielerischer Schlag mein Geschlecht traf, durchfuhr mich ein heißes Ziehen. So intensiv, wie ich es noch nie erlebt hatte, sodass ich mich stöhnend in den Fesseln wandte.

„Es tut mir leid", wimmerte ich.

Alex Hand glitt zwischen meine Beine. Er massierte meine Perle, glitt tief in mich, wobei ich mich bemühte, so ruhig wie möglich stehen zu bleiben, was mir nur unzulänglich gelang.

„Du wirst nicht kommen, ehe ich es dir gestatte", befahl Alex, während er sich aus mir zurückzog.

Die Erregung überrollte mich vollkommen. Es war mir plötzlich ganz egal, ob er mir das Reden gestattet hatte oder nicht.

„Alex, Herr, Bitte! Ich kann nicht mehr warten", bettelte ich. Ich wollte ihn in mir spüren, wollte meine Erlösung finden - jetzt sofort.

„Du bist sehr ungehorsam!"

Er trat einen Schritt zurück, ließ mich einfach zappeln.

Nach einer unendlich anmutenden Zeit packte er schließlich meine Oberschenkel, hob mich an und schlang meine Beine um seine Hüften. Sein Glied schob sich mühelos in mich, füllte mich aus. Wimmernd klammerte ich meine Beine um ihn, spürte seine Hände unter meinem Po. Immer wieder hob er mich kurz an, um tief in mich zu stoßen.

Ich hörte ihn lustvoll stöhnen, während er immer schneller und fordernder zustieß.

„Jetzt komm, komm für mich", befahl er mir keuchend.

Endlich! Endlich durfte, konnte ich mich fallenlassen. Ich spürte, wie die Woge des Höhepunktes mich überrollte. intensiv, wie ich es noch nie erlebt hatte, immer wieder und wieder.

Gleichzeitig hörte ich Alex aufstöhnen, fühlte, dass er sich in mir entlud.

Aneinandergeklammert blieben wir einen Moment stehen, versuchten unseren Atem unter Kontrolle zu bekommen.

Schließlich nahm er mir die Augenbinde ab, löste meine Fesseln und trug mich zum Bett. Ich lächelte ihn glücklich an. „Das war ... du meine Güte."

Er erwiderte mein Lächeln. „Dann kann ich also davon ausgehen, dass es für dich in Ordnung war? Ich habe dir nicht zu viel zugemutet? Fühlst du dich gut?"

„Ich fühle mich fantastisch, nur etwas geschafft. So intensive Gefühle habe ich noch nie gehabt. Das möchte ich gern noch einmal erleben. Natürlich nur, wenn es dir Recht ist", fügte ich spitzbübisch hinzu.

„Oh, es wäre mir sehr Recht. Kleines, du bist ein Naturtalent. Weißt du das?", sagte er augenzwinkernd. „Das war die Lektion für

Anfänger. Es gibt noch eine Menge zu entdecken, aber alles zu seiner Zeit. Gleich werde ich dich noch einmal lieben, ganz langsam und liebevoll."

„Eigentlich würde ich jetzt gern duschen", sagte ich und richtete mich auf.

„Wie wäre es mit einer gemeinsamen Dusche?"

Unter dem wohlig warmen Wasserstrahl seifte Alex mich von oben bis unten ab. Unmöglich! Ich konnte doch nicht schon wieder heiß werden! Vergeblich bemühte ich mich, das Prickeln zwischen meinen Beinen zu ignorieren. Natürlich bemerkte Alex meine Erregung. Er ließ sich reichlich Zeit, meine aufgerichteten Nippel einzuseifen und zu massieren, ließ anschließend seine Hand zwischen meine Beine fahren. Aufstöhnend klammerte ich mich an ihn.

„Lass uns zurück in den Schlafbereich gehen, sonst nehme ich dich hier auf der Stelle", murmelte er.

„Gleich." Entschlossen drückte ich ihn gegen die Wand, was er überrascht geschehen ließ. Dann nahm ich seinen aufgerichteten Penis zwischen meine Oberschenkel und rieb mich an ihm.

„Du kleines Biest", knurrte er. „Knie dich hin, sofort."

Ich verstand. Langsam ließ ich mich auf die Knie sinken, küsste sein pulsierendes Glied, ließ meine Zungenspitze an seinem Schaft entlanggleiten. Bevor ich seine Eichel mit den Lippen umschloss, umkreiste ich sie mit der Zunge.

Immer wieder tauchte er zwischen meinen Lippen ein, während meine Zunge fest über den Schaft rieb. Meine Hände umfassten seine Pobacken, während er seine Finger in mein Haar krallte und den Takt vorgab. Ich schmeckte seine Lusttropfen, spürte, wie er noch härter wurde.

„Oh nein, so nicht."

Er löste sich von mir, stellte mit einer entschiedenen Bewegung die Dusche ab. Ohne sich um unsere feuchten Körper zu kümmern hob er mich hoch, trug mich in den Schlafbereich und ließ mich aufs Bett fallen. Ehe ich mich versah, hatte er sich über mich gebeugt und küsste mich. Erst sacht und bedächtig, dann leidenschaftlich. Anschließend ließ er seine Zunge über meinen Körper wandern, neckte meine Brustwarzen, wanderte tiefer. Ich genoss das Gefühl, zitterte vor Erregung.

Sanft spreizte er meine Schenkel. Ich gab dem Druck gern nach, wandte mich unter seinem Zungenspiel. Er ließ seine Zunge um meine Perle kreisen, saugte daran.

Ich hielt es nicht mehr aus, vergrub meine Hände in seinem Haar, öffnete meine Schenkel noch weiter, fühlte den herannahenden Orgasmus. Alles um mich herum wurde unscharf, einzig Alex zärtliche Berührungen zählten. Es gab keine Bedenken mehr für mich. Die Wellen der Erregung schlugen über mir zusammen. Ich stöhnte, keuchte, verströmte mich.

Er hob den Kopf. „Ich bin noch nicht fertig mit dir."

Mit diesen Worten schob er sich über mich. Er legte sich meine Beine auf die Schultern, drang mit einem Stoß in mich ein, bewegte dann seine Hüften quälend langsam. Immer wieder verharrte er für einen Augenblick, zog dann sein Glied fast aus mir heraus, um es mit einem Stoß tief in mich zu rammen. Wieder spürte ich Erregung in mir aufwallen, drängte mich ihm entgegen, doch er hielt mich eisern fest.

„Nicht so schnell", knurrte er. „Erst wirst du noch einmal kommen."

Langsam erhöhte er das Tempo, bis er hart in mich stieß. Er packte meine Hüften, bewegte sie im Takt zu seinen harten Stößen. Ich konnte mich nicht mehr beherrschen, schrie meine Lust heraus, spürte, wie er sich in mir ergoss.

Atemlos ließ er sich auf mich sinken, vergrub sein Gesicht an meinem Hals. Ich legte meine Arme um ihn, atmete den Duft seiner Haut ein. Schließlich legte er sich neben mich, nahm mich in den Arm.

„Du machst mich total verrückt", raunte er mir ins Ohr.

Ich lächelte. „Nein, du machst mich total verrückt. So etwas habe ich noch nie erlebt und ich möchte das noch viel Male haben."

Er küsste meine Augen, die Nase, meinen Mund etwas ausgiebiger. Dann schaute er mir auf seine unnachahmliche Art in die Augen.

„Das ist eine Ansage. Wir werden das noch viele Male miteinander erleben, aber bitte nicht mehr heute Nacht."

***

Am nächsten Morgen wurde ich von einem sanften Kuss geweckt. Wir waren nach einem finalen Glas Rotwein aneinander gekuschelt eingeschlafen.

Jetzt fühlte ich mich einfach wunderbar. Mit diesem Gefühl reckte ich mich und strahlte Alex an. „Oh, du bist schon aufgestanden?"

Tatsächlich stand Alex komplett angezogen vor dem Bett.

„Guten Morgen, Kleines. Ich bin schon länger wach. Du hast so schön und so friedlich ausgesehen, da habe ich es nicht übers Herz gebracht dich zu wecken. Jetzt wird es Zeit, denn ich habe nachher einen beruflichen Termin. Ja, ich weiß, es ist Samstag, aber es ist wirklich wichtig für mich. Wenn wir miteinander frühstücken wollen, dann müsstest du jetzt aufstehen. Das Frühstück ist schon fertig."

Ich beeilte mich, um mit meiner Morgentoilette fertig zu werden. Ein bisschen war es mir peinlich, dass ich so lange geschlafen hatte.

Nach dem Frühstück schaute ich Alex über meine Kaffeetasse hinweg nachdenklich an. Ob er wohl schon für viele Frauen nach einer solchen Nacht das Frühstück gemacht hatte? Ob er nicht bald die Nase von mir voll haben würde? Weil ich nicht so versiert war, wie es einige seiner bisherigen Gespielinnen es sicher gewesen waren. Vielleicht war das alles nur ein nettes Zwischenspiel für ihn. Wenn ich mich jetzt in ihn verlieben würde, nur mal theoretisch. Würde er mir dann wehtun?

Da war er wieder, der kleine Teufel in meinem Kopf, der Misstrauen säte und mich zweifeln ließ.

„Nun sag schon, Katja. Ich sehe dir doch an, dass du etwas auf dem Herzen hast", forderte Alex mich auf.

„Na ja ... also ... hast du schon viele Frauen auf diese Weise gehabt? Hattest du schon eine feste Beziehung ... also ... so auf der Basis ...", irgendwie fielen mir nicht die richtigen Worte ein, aber Alex verstand was ich sagen wollte.

„Es waren einige. Sicher nicht so viele, wie du dir das vorstellst, aber doch schon einige. Dabei gab es auch zwei Beziehungen, die länger als ein Jahr gedauert haben."

„Okay, und was waren diese zwei Frauen dann für dich? Sklavinnen? Oder wie seid ihr miteinander umgegangen? Hat es deshalb nicht mit ihnen funktioniert?"

Alex schaute mich aufmerksam an. „Sie waren meine Partnerinnen, natürlich. Nicht nur Frauen, die ich benutzt habe, um meine

Lust zu stillen. Was stellst du dir bloß vor? Ich dachte darüber hätten wir uns unterhalten. Gegenfrage: Was ist mit dir? Hattest du bereits eine feste Beziehung."

Das war eine prima Ablenkung. Mister Stahlauge schien nicht gern über seine Verflossenen zu sprechen. Ich seufzte, dass er mich im Gegenzug nach meinen Männern fragen würde, damit hätte ich rechnen müssen.

„Ja", antwortete ich langsam. „Ich hatte eine feste Beziehung. Wir waren vier Jahre zusammen. Das ist aber schon eine ganze Weile her. Seitdem bin ich solo."

Wieder der aufmerksame Blick, der meine Gedanken zu erraten schien. „Willst du mit mir darüber sprechen?"

Ich zuckte mit den Schultern. „Es gibt nicht viel zu erzählen. Wir waren glücklich miteinander, hatten Zukunftspläne. Dann ist er an einem Samstagmorgen losgefahren, um Brötchen zu besorgen, mit dem Motorrad losgefahren. Um es kurz zu machen - er hatte einen Unfall. Ein Autofahrer hat ihn und das Motorrad übersehen und ihm die Vorfahrt genommen. Er war sofort tot."

Ich schaute auf meine Hände. Es tat immer noch weh, darüber zu sprechen. Es würde wohl immer schmerzen. „Ich habe ihn mit einem Kuss verabschiedet, wenigstens das", sagte ich leise.

„Das tut mir leid." Alex machte eine Bewegung, so als wolle er zu mir kommen.

Ich hob den Kopf. „Ist schon in Ordnung. Das ist über drei Jahre her. Das Kapitel habe ich abgeschlossen und eigentlich möchte ich auch gar nicht weiter darüber reden. Erzähl mir lieber etwas von dir. Du arbeitest also auch am Wochenende?"

Mein Gegenüber ging auf den Themenwechsel ein. „Das lässt sich oft nicht vermeiden. Ich führe eine kleine Firma und habe deshalb nicht immer geregelte Arbeitszeiten."

„Da habe ich es besser, wenigstens was die Arbeitszeiten anbetrifft. In dem Sachverständigenbüro, für das ich arbeite wird sehr viel Wert auf das freie Wochenende gelegt. Wie das halt so ist. Ich arbeite ganz gern dort."

Alex schaute auf seine Uhr. „Ich fürchte ich muss gleich los. Soll ich dich nach Hause fahren? Es tut mir wirklich leid."

Er fuhr sich durch das Haar. Scheinbar tat er das, wenn er nervös war. Die kleine Geste gefiel mir. Am Liebsten hätte ich ihm die Haare verwuschelt.

„Kein Problem." Ich stand auf und griff nach meiner Tasche. „Es wäre schön, wenn du mich zu Hause absetzt. Von mir aus können wir los."

Bevor wir seine Wohnung verließen, nahm mich Alex in den Arm und küsste mich. „Ich würde dich gern wiedersehen. Vielleicht sollten wir uns auch noch einmal über das, was wir von einander möchten unterhalten."

„Ja, vielleicht." Für einen Moment kuschelte ich mich an ihn, überließ mich seinen Küssen, erwiderte sie.

Schließlich löste er sich von mir. „Wenn wir jetzt nicht gehen, werde ich dich auf der Stelle ins Bett zerren und dafür sorgen, dass du nur noch an mich denkst - und an deine Lust natürlich. Wenn du mich dann anbettelst dich zu nehmen, kann ich meinen Termin vergessen. Was ich zu gerne machen würde."

***

„Oh nein!" Entsetzt starrte ich auf mein Handy.

Steffi und ich hatten ausgemacht, dass ich mich bei ihr melden würde, was ich total vergessen hatte. Jetzt zeigte mein Handy, das ich schon während der Taxifahrt zu Alex auf stumm geschaltet hatte, WhatsApp Nachrichten ohne Ende und zahlreiche verpasste Anrufe von ihr.

Mit einem mega schlechten Gewissen wählte ich ihre Nummer. Sie nahm schon nach dem ersten Klingeln ab.

„Sag mal, spinnst du! Was ich mir für Sorgen gemacht habe!", meckerte sie sofort los. „Ich habe gedacht dir ist wer weiß was passiert."

„Sorry", nuschelte ich zerknirscht. „Ich habe dich vergessen. Du bist mir erst wieder eingefallen, als ich gerade zu Hause auf mein Handy geguckt habe. Wahrscheinlich ein Anfall von kurzzeitigem Gedächtnisausfall wegen Kopflosigkeit."

Das brachte meine Freundin zu Lachen. „Ich kann mir einiges vorstellen. Wie war dein Date? Bist du über Nacht bei ihm geblieben? Dann muss es ja toll gewesen sein."

„Das könnte man so sagen. Ich habe tatsächlich bei ihm übernachtet. Aber jetzt bin ich daheim. Er ist unterwegs, weil er einen geschäftlichen Termin hat."

„Mensch, lass dir doch nicht alles aus der Nase ziehen. Hat er wirklich unanständige BDSM Dinger mit dir gemacht? Wie hat es dir gefallen? Hach - ich platze vor Neugierde." Steffi war einfach unverbesserlich.

„Ich glaube über Einzelheiten möchte ich nicht sprechen", sagte ich zögernd. „Aber wenn es mir nicht gefallen hätte, dann wäre ich kaum über Nacht bei ihm geblieben. Trotzdem weiß ich nicht, wie es weitergehen soll. Ob er es ernst meint. Er hat gesagt, er würde mich gern wiedersehen, trotzdem hat er mich nach Hause gefahren, ohne dass wir eine weitere Verabredung getroffen haben. In meinem Kopf ist im Moment ein einziges Wirrwarr."

„Das merke ich gerade. Was du dir für unnütze Gedanken machst, wirklich. Genieße es doch einfach, so lange es dauert. Lass dich von ihm verwöhnen. Vielleicht willst du ihn bald gar nicht mehr. Dann schickst du ihn einfach in die Wüste und fertig. So habe ich das mit Wotan auch gemacht."

Das war wieder einmal typisch für meine Freundin. Sie sah vieles wesentlich pragmatischer als ich.

„Ach, Steffi", seufzte ich. „Ich habe dich wirklich gern. Du bist wie eine Schwester für mich, aber manchmal bist du so verdammt unsensibel. Ich kann das so nicht, das weißt du doch genau. Ich brauche Sicherheit und Vertrauen, damit ich mich fallen lassen kann."

„Du Seelchen. Das klingt wie aus einem Liebesschmöker. Fast könnte ich glauben du hättest dich in Alex verliebt. Sei lieber vorsichtig. Nicht, dass der Typ dir das Herz bricht."

Steffis Stimme klang plötzlich weich. „Vielleicht sollte ich auf dich aufpassen, Schwesterherz, damit das nicht passiert. Ich fange gleich damit an. Was hast du heute Abend vor?"

„Nichts. Er ist, was eine Verabredung anbetrifft, ziemlich vage geblieben und ich habe für heute nichts weiter geplant. Vielleicht mache ich mir einen gemütlichen Abend mit einem Buch oder so. Vielleicht meldet er sich auch noch."

„Das kommt gar nicht in die Tüte. Du kannst doch nicht zu Hause sitzen und darauf warten, dass er sich meldet. Auch wenn er meint, dass er neuerdings dein Herr ist!" Jetzt klang meine Freundin energisch. „Mir kommt eine Idee. Ich habe letztens von einem angesagten Club gehört, den ich gern besuchen würde. Er soll sehr speziell sein. Er heißt ‚Dark Soul'. Hast du schon davon gehört? Was meinst du, sollen wir uns die Location heute Abend anschauen? Das Ambiente soll richtig toll sein, alles vom Feinsten."

Ich überlegte einen Moment, konnte mich aber nicht wirklich dazu aufraffen auszugehen. „Ich weiß nicht. Eigentlich habe ich überhaupt keine Lust dazu. Was ist eigentlich mit Dominik? Bist du heute nicht mit ihm zusammen?"

„Dominik ist mit seinen Jungs unterwegs. Das ist in Ordnung, muss auch mal sein. Wir wollen ja nichts überstürzen und uns unsere Freiheiten lassen.

Komm schon, die Gelegenheit ist für mich günstig. Ich bin so neugierig auf den Club. Du hast ja auch nichts weiter vor. Wir schauen uns dort um und wenn es uns nicht gefällt, dann gehen wir halt wieder. Katja, bitte! Sei doch nicht so langweilig. Im Übrigen tut es deinem Alex gut wenn er merkt, dass du nicht am Wochenende zu Hause herumsitzt und darauf wartest, dass er über dich verfügt."

„Er ist nicht mein Alex. Das habe ich dir schon mal gesagt. Vielleicht hast du Recht und ich sollte wirklich heute Abend nicht zu Hause bleiben."

Meine Freundin konnte eine ausgesproche-ne Nervensäge sein und sehr zielstrebig, wenn sie etwas unbedingt wollte.

Nachdem ich zögernd eingewilligt hatte, war sie nicht mehr zu bremsen.

„Okay, ich komme dann nachher zu dir. Wir nehmen ein Taxi, dann können wir beide etwas trinken. Weißt du eigentlich, dass wir schon lange nicht mehr zusammen ausge-gangen sind? Das wird bestimmt total gut. Wir stylen uns richtig super und werden eine Menge Spaß haben."

***

Jetzt stand ich vor dem Kleiderschrank und überlegte, was ich anziehen könnte. Mein Lieblingskleid bot sich an. Ein schwarzes, enges Kleid, das mir gerade wegen seiner Schlichtheit gefiel. Es wirkte leicht transparent, war jedoch nicht wirklich durchsichtig, ließ vieles erahnen und nichts erkennen. Doch war klar, dass ich bis auf einen String keine Wäsche darunter trug. Jetzt noch halterlose Strümpfe und schwarze Highheels und das Outfit war perfekt.

Eine gutgelaunte Steffi klingelt wenig später an meiner Tür. „Mädel, das wird heute unser Abend. Gut schaust du aus. Sollen wir gleich los? Das Taxi wartet."

Ich warf mir meine leichte Jacke über. „Dann mal los. Übrigens: Wir passen heute Abend gut zueinander. Ich in Schwarz und du mit deinem roten Kleid. Hast du vor, dir noch einen Kerl zu angeln? Eigentlich müsste dein Bedarf doch gedeckt sein."

Tatsächlich trug meine Freundin ein tief ausgeschnittenes, knallrotes Kleid, das sofort ins Auge stach.

Steffi kicherte gutmütig. „Man soll nie nie sagen. Wer weiß, was mir so alles über den Weg läuft."

Nach einer kurzen Fahrt hielt das Taxi vor dem Club, der allerdings von außen eher wie ein Fabrikgebäude aussah.

Wie ich vermutet hatte, war die Location von innen fantastisch zurechtgemacht. An den Türstehern vorbei gelangten wir in eine Lounge mit mehreren Thekenbereichen. Überall im Raum befanden sich Sitznischen, die so geschickt angebracht waren, dass sie vor neugierigen Blicken schützten. Weiches Schummerlicht hüllte uns ein. Sexy Lounge Musik erklang leise im Hintergrund.

Steffi strahlte mich an. „Whow! Habe ich dir zu viel versprochen? Das ist ja wohl richtig gut hier."

Sie stöckelte auf zwei freie Hocker zu, die an einem der Tresen standen. „Was meinst du? Sollen wir den Abend mit einem Glas Champagner beginnen?"

Während wir an unseren Gläsern nippten, ließen wir unsere Augen durch den Raum schweifen. Einige der Gäste trugen Masken, andere waren extrem sexy gekleidet.

„Das ist ein ganz normaler Club?", fragte ich meine Freundin irritiert.

Steffi funkelte mich unternehmungslustig an. „Na ja, irgendwie schon und auch nicht. Heute ist ein besonderes Event. Etwas Ähnliches findet an fast jedem Samstag statt.

Deshalb wollte ich unbedingt heute hier her."

„Sag schon, was für ein Event soll das sein?" Mir schwante nichts Gutes.

„Heute läuft der Abend nach dem Motto: Alles kann, nichts muss passieren", platzte meine Freundin heraus. „Jetzt mach nicht so ein Gesicht. Es ist alles im grünen Bereich. Das läuft alles sehr dezent und kultiviert ab. Wie das Motto schon sagt, muss nichts passieren."

„Dezent und kultiviert. Ah ha. Wenn ich das vorher gewusst hätte ..."

„Ich weiß, dann wärst du nicht mitgekommen", komplettierte Steffi den Satz. „Deshalb habe ich auch nichts gesagt. Jetzt bist du aber einmal hier, da kannst du dir genauso gut einen schönen Abend machen, statt herumzuzicken."

Sie strahlte mich an und ich konnte ihr wieder einmal nicht böse sein. So war meine beste Freundin eben.

Sie hatte bereits einen Mann ins Visier genommen, der uns seit einiger Zeit interessiert musterte.

„Der kommt in den nächsten zwei Minuten zu uns, wetten", raunte sie mit zu.

Ich bekam keine Möglichkeit zu antworten, denn der Typ stand bereits neben ihr.

„Hallo Ladies. Darf ich euch zu einem Drink einladen?"

Steffi strahlte ihn an. „Gern, das ist nett. Ich wollte mir sowieso gerade einen Cocktail bestellen."

Der Mann strahlte zurück. „Zwei Cocktails für Euch? Was soll es sein?" Er gab dem Barkeeper ein Zeichen. „Ich bin übrigens Sascha."

„Hallo Sascha. Mal sehen", Steffi studierte die Karte. „Ich hätte gern einen Caipirinha. Was ist mit dir", wandte sie sich an mich. Ich schüttelte den Kopf und wies auf mein Glas. „Für mich im Moment nichts. Ich habe noch Champagner."

„Auch gut, dann zwei Caipirinha", orderte Sascha und setzte sich demonstrativ neben meine Freundin, was mir nur Recht war. „Was machst du so", begann er ein Gespräch.

In diesem Moment klingelte mein Handy. Mit Herzklopfen stellte ich fest, dass Alex am anderen Ende der Leitung war.

„Wo bist du?", fragte er barsch. Sein Ton gefiel mir ganz und gar nicht.

„Ausgegangen", antwortete ich deshalb kurz angebunden. „Ich bin in einem Club."

„In welchem bitte?"

„Wieso fragst du? Ich war davon ausgegangen, dass du heute zu tun hast und mich nicht mehr sehen möchtest."

Was bildete er sich eigentlich ein? Sein Ton machte mich total wütend. „Ich hatte keine Lust zu Hause herumzusitzen, deshalb dachte ich, ich könnte mich ein bisschen amüsieren", fügte ich hinzu.

Selbst durch das Handy hörte ich den unterdrückten Ärger in seiner Stimme, obwohl er sich bemühte ruhig zu klingen. „In welchem Club bist du, verflixt nochmal."

„Ist doch egal. Jedenfalls ist es so ein total angesagtes Ding. Es gibt heute sogar ein Motto. Es lautet, alles kann, nichts muss. Stell dir das mal vor." Ich hatte beschlossen die Taktik zu wechseln und ließ meine Stimme honigsüß klingen. „Steffi und ich haben richtig viel Spaß."

Weiter kam ich nicht, denn er hatte aufgelegt.

„Oh, oh, wenn das mal gut geht", hörte ich meine Freundin neben mir.

Ich zuckte betont lässig mit den Schultern. „Was soll es. Er wird sich schon wieder beruhigen. Wir wollen uns doch nicht den Abend verderben lassen."

„Genau", meldete sich Sascha zu Wort. „Tanzt du mit mir?" Mit diesen Worten nahm er Steffi bei der Hand.

„Bin gleich wieder da", rief sie mir über die Schulter zu und folgte ihm in einen anderen Raum.

Während ich den beiden hinterher sah überlegte, ob ich mich richtig verhalten hatte. Vielleicht hätte ich lieber zu Hause bleiben sollen? Anders herum hatte Alex kein Recht dazu mir hinterher zu telefonieren. Schon gar nicht auf eine solche Art und Weise.

„So ganz allein?"

Ich war so in Gedanken, dass nicht bemerkt hatte, dass ich Gesellschaft bekommen hatte. Ein Mann hatte sich unangenehm nah neben mich gestellt und legte seine Hand auf meinen Rücken. Entschlossen schüttelte ich ihn ab. Wenigstens verstand er auf Anhieb und trollte sich. Erleichtert atmete ich auf.

Eigentlich fühlte ich mich nicht besonders wohl im ‚Dark Soul'. Ich beschloss abzuwarten, bis Steffi von der Tanzfläche zurückkam und mich dann davonzumachen. Allerdings war meine Freundin schon seit einer ganzen Weile verschwunden.

Plötzlich spürte ich seinen Blick.

Ich hatte mich nicht geirrt. Alex stand an einem anderen Tresen und schaute mich an. Auch er trank Champagner, hob jetzt sein Glas und prostete mir zu.

‚Wie gut er aussieht mit der Jeans, die sich perfekt um seinen Hintern schmiegt', fuhr es mir durch den Sinn, während ich ihn anstarrte wie das Kaninchen die Schlange. Wie hatte er nur so schnell herausfinden können, wo ich mich befand?

Während er mich nicht aus den Augen ließ, schlenderte er lässig auf mich zu. Doch seine Coolness war nur vorgetäuscht. Ich merkte genau, wie angespannt er war.

„Was zur Hölle machst du hier", fuhr er mich an.

Ich schluckte. Er schien echt wütend zu sein. „Ich amüsiere mich. Es ist Samstag, weißt du", zischte ich zurück, obwohl ich unter seinen intensiven Blicken weiche Knie bekam. Aber das sollte er nicht merken. „Es ist doch nett hier", fügte ich trotzig hinzu.

„So, nett findest du das? Sag mal, weißt du überhaupt, wo du dich befindest? Suchst du eine schnelle Nummer, oder was? Die kannst du bekommen, hier und jetzt." Alex war immer leiser geworden, was mir ziemlich bedrohlich erschien.

Irritiert griff ich zu meinen Glas und trank es aus. „Ich weiß nicht, was du meinst", erklärte ich mit fester Stimme. „Was soll das überhaupt. Ich mache was ich will. Jetzt zum Beispiel will ich tanzen."

Demonstrativ ließ ich Alex stehen und steuerte den Raum an, in dem getanzt wurde und in dem Steffi und Sascha verschwunden waren. Hier war es noch dunkler als in der Lounge. Spots zuckten für Sekundenbruchteile auf, bewegten sich im Takt zu den lauten, harten Bässen.

Madonna hauchte:

„My name is Dita. I'll be your mistress tonight. I'd like to put you in a trance. If I take you from behind."

Der Song 'Erotica' elektrisierte die Tanzenden.

Ich blinzelte, erahnte auf der Tanzfläche sich aneinander reibende Körper. Steffi und ihre Neuerrungenschaft bemerkte ich nicht. Nun, ich hatte gesagt, ich wolle tanzen. So bewegte ich mich zum Rhythmus der Musik, ließ mich treiben, schloss die Augen. Spürte Hände an meinen Körper, zögernd, wie fragend. Ich ließ es geschehen, blieb passiv.

Plötzlich umfingen mich starke, besitzergreifende Arme. Alex war mir auf die Tanzfläche gefolgt.

Wider besseres Wissen schmiegte ich mich an ihn. Das heißt, mein Körper schien ein Eigenleben zu führen, denn das ging ganz von selbst. Mit den Armen umschlag ich seinen Hals, ließ die Hüften kreisen.

Er sog scharf die Luft ein, krallte seine Hände in meinen Hintern. Ich spürte seine Erregung deutlich an meinem Bauch, rieb mich an ihm, spürte Nässe zwischen meinen Beinen.

„Du kleines Miststück", knurrte Alex, umfasste meine Brust, zwirbelte grob meine Nippel durch den Stoff.

Unwillkürlich stöhnte ich auf, was Gott sei Dank außer Alex niemand hörte.

„Das gefällt dir, nicht wahr", flüsterte er heiser. „Keine Sorge, ich gebe dir, was du willst."

Plötzlich löste er sich von mir, nahm meine Hand und zog mich in eine der versteckten Nischen, die sich rund um die Tanzfläche befanden.

Hier ließ er die Hand unter mein Kleid, in meinen String gleiten. „Du bist nass, wie ich es erwartet habe", stellte er befriedigt fest, massierte meine Perle schob einen Finger in mich.

Obwohl mich sein Fingerspiel vor Erregung schaudern ließ, wisperte ich: „Bitte, Alex, nicht hier! Das ist mir peinlich."

„Oh doch, hier und jetzt. Du hast es so gewollt. Jetzt wirst du die Konsequenzen tragen." Mit diesen Worten drängte er mich grob gegen die Wand, öffnete seine Jeans.

Dann griff er mit seinen Händen unter meinen Po, hob mich mühelos an.

„Schling die Beine um mich", befahl er.

Ungeahnte Begierde überflutete mich, ließ mich alle meine Bedenken und meine Scham vergessen. Keuchend vor Lust befolgte ich seine Anweisung.

Er lachte kehlig auf, schob meinen String beiseite, drang quälend langsam in mich ein. Das Gefühl vollkommen von ihm ausgefüllt zu sein ließ mich schaudern.

Langsam zog er sich fast komplett aus mir zurück, um mich gleich wieder ganz auszufüllen. „Willst du, dass ich es dir besorge? Sag es", befahl er.

Ich fasste in sein Haar, schaute ihm in die Augen. „Bitte! Nimm mich."

Ein sanfter Stoß, dann zog er sich wieder zurück. „Bitte, Herr, heißt es", knurrte er.

„Bitte Herr, nimm mich", stöhnte ich. Ich wollte ihn nur noch hart und fest in mir spüren.

Endlich konnte auch er sich nicht mehr beherrschen, nahm mich so, wie ich es wollte. Pumpte immer wieder hart und rücksichtslos in mich.

Bei jedem Stoß spürte ich die harte Wand in meinem Rücken, aber das war mir egal. Mein Körper spannte sich in unerträglicher Erregung, ein Orgasmus überrollte mich.

Auch er kam mit einem letzten Stoß tief in mir. Wir verharrten für einen langen Moment in der Position.

Schließlich spürte ich, wie er aus mir hinausglitt, mich absetzt, mich sacht in den Arm nahm.

„Was machst du nur mit mir, Kleines", sagte er leise. „Das war so nicht geplant."

Ich schmiegte mich an ihn. Ein wenig schämte ich mich, aber trotzdem fühlte ich mich gut.

„Es tut mir leid", wisperte ich. „Ich habe mich ziemlich arrogant verhalten, was."

Er hob mit einem Finger mein Kinn an. „Das hast du. Aber keiner hat gesagt, dass es leicht sein wird dich zu zähmen. Vielleicht sollten wir jetzt erst einmal unsere Kleidung richten." Da war wieder das schiefe Lächeln, das ich so an ihm mochte.

Nachdem wir vorschriftsmäßig unauffällig bekleidet waren nahm er meine Hand, führte sie an seine Lippen. „Ich denke wir trinken jetzt erst einmal ein Glas Champagner."

„Meinst du jemand hat etwas bemerkt?", wisperte ich vorsichtig.

Alex lachte laut auf. „Darüber musst du dir keine Gedanken machen. Falls jemand etwas bemerkt hat, dann findet er es nicht besonders befremdlich. So etwas geschieht in diesem Etablissement häufiger. Du hast wirklich keine Ahnung, nicht wahr."

„Ahnung? Wovon genau?"

Na ja, das ‚Dark Soul' ist in einschlägigen Kreisen bekannt für seine Themenabende. Hier ist alles möglich", erklärte Alex mir. „Um das für die Zukunft ein für alle Mal abzuklären: So lange wir zusammen sind, wünsche ich nicht, dass du derartige Clubs besuchst. Jedenfalls nicht ohne mich."

Ich nickte gehorsam. Aber eigentlich hatte ich am allermeisten ‚wir sind zusammen' und ‚Zukunft' verstanden.

„Steffi wollte ganz gern hier her, aber ich will ihr nicht den schwarzen Peter zuschieben. Schließlich bin ich freiwillig mitgekommen. Wahrscheinlich weiß sie genauso wenig wie ich, welche Art von Club das hier ist. Ich habe das wirklich nicht geahnt. Aber eine Erfahrung war das schon wert", strahlte ich Alex an.

Der sah sich suchend um. „Das sie nicht gewusst hat was hier abgeht, wage mich zu bezweifeln. Deine Freundin weiß was läuft. Wo ist sie überhaupt? Ich habe sie noch gar nicht gesehen."

„Einige Zeit bevor du hier aufgetaucht bist, ist sie mit einem Typen auf die Tanzfläche gegangen. Dann bin ich ... ähm ...", ich räusperte mich. „Also dann bin ich abgelenkt gewesen. Vielleicht hat sie mich auch schon gesucht. Oder sie sucht mich immer noch."

Wie aufs Stichwort betrat Steffi die Lounge. Zielsicher kam sie auf uns zu.

„Hey, Alex, auch hier? Ich habe mich schon gewundert, wo Katja abgeblieben ist."

Ich spürte, dass mir heiß wurde. Nein, ich würde jetzt nicht rot werden.

„Und ich habe mich gewundert, wo du bist", sagte ich schnell. „Wo hast du überhaupt diesen Sascha gelassen?"

Steffi zuckte gelassen mit den Schultern. „Keine Ahnung. Er ist wohl schon weg. Ich habe jemand anderes getroffen. Aber das erzähle ich dir gelegentlich."

Sie reckte sich genüsslich und sah dabei aus wie eine Katze, die gerade eine Schüssel mit Sahne ausgeschleckt hatte. Dann griff sie zu dem Glas Champagner, das Alex für sie geordert hatte und prostete uns zu.

„Ich bin müde. Es wird Zeit, dass ich in die Heia komme. So wie ich es sehe, seid ihr miteinander beschäftigt. Ich werde mir ein Taxi kommen lassen."

Alex mischte sich ein. „Für uns wird es auch Zeit. Natürlich fahre ich dich nach Hause. Das ist doch selbstverständlich."

„Zu dir oder zu mir?"

Wir hatten die merkwürdig wortkarge Steffi vor ihrer Wohnung abgesetzt. Jetzt schaute Alex mich fragend an. Ich zögerte, fasste dann aber einen Entschluss.

„Am Liebsten zu mir. Ich möchte mich heute Nacht einfach nur an dich kuscheln. Falls das okay ist. Morgen früh bin ich dann damit dran, das Frühstück zu machen. Natürlich nachher."

Alex schaute mich amüsiert an. „Nachher, natürlich. Sei nicht so frech, Kleine. Sonst überlege ich es mir und bestrafe dich doch noch. Das geht problemlos auch bei dir zu Hause. Verdient hättest du es auf jeden Fall."

***

Schlaftrunken fühlte ich Hände, die über meinen Körper wanderten, einen Mund, der mich sanft küsste.

Ich beschloss die Augen einfach geschlossen zu halten und zu genießen. Die Küsse wurden intensiver, unsere Zungen trafen sich, spielten miteinander. Schon tasteten seine Hände sich zwischen meine Beine.

„Schon wieder bereit für mich? Knie dich hin", raunte er mir ins Ohr und drehte mich auf den Bauch. Ich tat wie mir geheißen, streckte mich ihm entgegen, konnte es nicht abwarten, ihn in mir zu spüren.

Heiße Erregung durchfuhr mich, als sein harter Phallus in mich drang. Er hielt inne, sodass ich das Gefühl der Dehnung ganz intensiv genießen konnte. Schließlich hielt ich es nicht mehr aus, bewegte mich langsam vor und zurück.

Alex blieb regungslos, meine wiegenden Bewegungen schienen ihm zu gefallen. Ich steigerte das Tempo, spürte, wie er mit den Händen meine Hüften griff, seinerseits zustieß, aber nicht mehr vorsichtig und zurückhaltend, sondern fest, fast brutal.

Ich beugte mich weiter vor, sodass meine Brüste das Laken streiften. Stöhnend genoss ich jeden seiner Stöße, rammte mich ihm entgegen, spürte, wie er in mein Haar griff, meinen Kopf anhob.

„Gefällt es dir?", knurrte er.

„Ja, hör nicht auf", keuchte ich. „Bitte, ich halte es nicht mehr aus, ich möchte kommen."

Er fasste wieder meine Hüften, beugte sich über mich. Sein Glied wurde noch größer und härter. Mit einem Stöhnen entlud er sich in mir und auch ich explodierte.

Später lag ich in seinem Arm. In meinem Körper hatte sich eine angenehme Wärme breitgemacht.

„Ich muss geschäftlich nach Rom. Der Flug geht heute Nachmittag", erklärte Alex. „Ich habe gleich morgen früh den ersten Termin."

„Bleibst du länger weg?", fragte ich mit möglichst neutraler Stimme, ich wollte nicht so neugierig klingen.

Alex lachte leise. „Tu bloß nicht so, als würde dich das nicht interessieren, Kleines. Du kannst mir nichts vormachen. Ich kann dir deine Gedanken an deiner hübschen Nase ablesen." Er hauchte einen Kuss auf meine Nasenspitze.

Tatsächlich fiel es mir schwer mich zu verstellen. Meistens konnte man mir ansehen, was ich dachte, was nicht immer von Vorteil war.

„Interessieren tut es mich natürlich schon, wann du wieder im Lande bist", sagte ich schnell. Zu uninteressiert wollte ich auch wieder nicht wirken.

„Ich habe eine Menge Termine. Von Rom aus fahre ich in Richtung Mailand und fliege von dort nach Hause. Der Rückflug ist erst am Freitag. Kann ich dich eine Woche allein lassen, ohne dass du Dummheiten anstellst, wie zum Beispiel in Clubs zu gehen, die einen zweifelhaften Ruf haben? Übrigens solltest du dir für dieses Nichts von Kleid, das du gestern getragen hast, einen Waffenschein ausstellen lassen. Oder besser, ich besorge mir eine Knarre, das ist sicherer", grinste Alex.

„Natürlich stelle ich nichts an, ich bin eine sehr brave Person und durch und durch solide", erklärte ich so würdevoll wie möglich.

„Hm. Nach dieser Aussage sollte ich dich gleich auf die Probe stellen", murmelte Alex, während er seine Hände und seine Lippen über meinen Körper wandern ließ.

„Ich denke das Frühstück können wir vergessen und gleich zu Mittag essen", schmunzelte er sehr viel später. „Ich habe einen Bärenhunger. Wie sieht es mit dir aus?"

„Aber dann müssen wir aufstehen", stellte ich fest.

„Stimmt, wenn wir weiter im Bett bleiben, dann werde ich weder etwas zu essen bekommen, noch heute Nachmittag nach Italien fliegen. Wahrscheinlich werde ich irgendwann vor Entkräftung über und in dir zusammensacken. Dann hast du den Salat."

„Salat ist gut", mit diesen Worten stieg ich aus dem Bett.

***

Eine lange Woche lag hinter mir.

Alex war nach dem gemeinsamen Mittages-
sen in seine Wohnung gefahren. Vom Flug-
hafen hatte er mir eine WhatsApp geschrieben.

*‚Es ist schön mit dir. Du bist eine ganz beson-
dere Frau.‘*

Minutenlang hielt ich das Handy in der
Hand. Was sollte ich antworten? Dass auch
er für mich ein ganz besonderer Mensch
war? Dass ich mich in ihn verliebt hatte?
Dass es mir verdammt schwer gefallen war,
ihn nach dem Essen gehen zu lassen? Dass
es mir selbstverständlich vorgekommen
wäre, wenn wir gemeinsam zu ihm gefahren
wären und ich ihm beim Kofferpacken ge-
holfen hätte?

Ich rief mich energisch zur Ordnung. Nun
kannte ich Alex gerade einige Wochen, hatte
ihn nur ein paar Mal gesehen und war zudem gestern noch mehr als misstrauisch
gewesen. Scheinbar steigerte ich mich gerade gewaltig in etwas hinein.

So tippte ich einfach:

*‚Ja, auch ich fand es wunderschön. Wünsche
einen guten Flug.‘*

„Wo bist du mit deinen Gedanken?" Ein Rippenstoß holte mich zurück in die Wirklichkeit. Steffi grinste mich gönnerhaft an. „Ich wette bei deinem Alex."

„Er ist nicht mein Alex", sagte ich automatisch.

„Ja, alles paletti. Du kriegst nur Kugelaugen und einen verklärten Blick wenn du an ihn denkst. Das passiert dir bei jedem Typen, ganz klar. Der Bursche hat dir ordentlich den Kopf verdreht, Mädel."

Steffi ließ sich nicht in die Irre führen, dafür kannten wir uns zu gut.

„Du kannst es ruhig zugeben. Ich find's ja gut. Übrigens sieht er super aus, hat Kohle und gute Umgangsformen. Tolle Autos fährt er auch. Was willst du also mehr. Ich würd' ihn mir nicht durch die Lappen gehen lassen", hier folgte ein komischer Seufzer. „Aber mich will er ja nicht. Schade auch."

Steffis unkomplizierte Art brachte mich wieder einmal zum Lachen. „Sein Rückflug ist heute. Allerdings erst am späten Abend. Deshalb sehen wir uns wohl nicht mehr, aber morgen ganz bestimmt. Das haben wir so ausgemacht. Er hat nämlich ein paar Mal angerufen. Na ja, zweimal, um genau zu sein."

„Da strahlt sie wieder. Hach, muss Liebe schön sein. Ich gebe einen aus, was trinkst du?"

Wir hatten uns heute nach der Arbeit in unserem Stammbistro getroffen. Steffi wollte mir etwas erzählen, hatte das bis jetzt aber nicht getan. Na gut, ich war auch ein wenig unkonzentriert und abwesend mit meinen Gedanken.

„Ich nehme noch eine Altbier Bowle, danke. Wolltest du mir nicht etwas erzählen?"

„Stimmt. Das wollte ich, wegen dem letzten Samstag im ‚Dark Soul'. Weil ich da doch so lange verschwunden war", Steffi wartete, bis die Bedienung sich entfernt hatte und fuhr dann fort. „Also, ich war ja mit dem Typen, der uns angequatscht hat auf der Tanzfläche."

„Sascha."

„Stimmt, Sascha hieß der. Wir haben getanzt. Warst du auch mal in dem Raum?"

„Ich nickte.

„Dann weißt du, wie es dort abgeht. Wir tanzen also, er fummelt ein bisschen an mir herum."

„Sascha?", fragte ich zur Sicherheit.

Steffi seufzte gequält. „Menno, wenn du mich immer unterbrichst, dann komme ich nie zu Potte. Also: Er fummelt an mir herum, was ich ganz angenehm finde. Aber plötzlich merke ich, dass etwas nicht stimmt, weil er vorn und hinten streichelt, quasi mit vier Händen. Ich drehe mich also um und was meinst du, wer hinter mir steht und fummelt?"

Ich wartete zur Sicherheit einem Moment, aber Steffi schien dieses Mal auf eine Antwort zu warten. „Keine Ahnung. Der Zwillingsbruder von Sascha?"

„Quatsch. Wotan. Er war an dem Abend auch dort. Scheinbar hatte er dich und mich eine ganze Weile beobachtet. Als er sah, dass ich mit einem Kerl auf die Tanzfläche ging, ist er hinterher. Er hat auch gleich zugegriffen, mich gepackt und mir die Zunge reingesteckt. In den Mund, meine ich."

„Logisch", sagte ich und nahm einen Schluck von meiner Bowle.

Steffi war in Fahrt gekommen. Sie erzählte weiter: „Sascha hat dann noch versucht, an mich ran zu kommen, aber Wotan war entschieden versierter und im Vorteil. Er kennt mich ja in - und auswendig."

„Logisch", wiederholte ich.

„Mensch, jetzt hör doch mal zu und quatsch nicht immer dazwischen", rügte Steffi mich empört. „Also hat dieser Sascha irgendwann aufgegeben. Das war okay, weil Wotan mich ganz schön in Atem gehalten hat. Hast du eigentlich gesehen, dass rund um die Tanzfläche lauter so kleinere Nischen sind? Fast wie kleine Zimmer? Die Dinger haben sogar ein rotes Licht, wenn sie besetzt sind. Sachen gibt es."

Jetzt war ich froh, dass ich nicht dazwischen quatschen sollte. Beim Gedanken an diese Nischen wurde mir ganz heiß.

„Er hat mich also in eines dieser Zimmer gezogen und mir praktisch die Sachen von Leib gerissen. Und dann hat er ..."

„Okay, ich kann mir durchaus vorstellen, was er gemacht hat", fuhr ich dazwischen.

„Du meine Güte, sei bloß nicht so spießig. Tja, deshalb bin ich jedenfalls so spät aufgetaucht. Aber das war sowieso kein Problem, weil Alex inzwischen aufgelaufen war und sich um dich gekümmert hat."

„Oh ja, das hat er", entfuhr es mir spontan. Meine Freundin schaute mich einen Moment verdutzt an. „Sag nicht, du kennst die kleinen Zimmer auch von innen? Das hätte ich dir gar nicht zugetraut, Mädel."

„Ach hör doch auf!" Mir wurde noch heißer, vermutlich hatte ich inzwischen einen tomatenroten Kopf. „Sag mir lieber, wie es bei dir weiter gegangen ist? Bist du jetzt wieder mit Wunder - Wotan zusammen oder was? Was ist mit Dominik? Ist der wieder weg?" Langsam kam ich mit Steffis Männerwechsel nicht mehr mit.

Ihr machte das offenbar nichts aus. Sie lehnte sich zurück und reckte sich. „Das war doch nur einmal mit Wotan. Er will sich wieder öfter mit mir treffen, das wollte er die ganze Zeit, aber ich habe keine Lust dazu. Hinterher muss ich mich wieder in Latexklamotten schießen und ihn auspeitschen. Das brauche ich nicht. In Zukunft halte ich ihn unter Garantie auf Abstand."

„Hallo, auch hier? Ist ja nett euch zu treffen." Die Stimme kannte ich doch! Irritiert schaute ich auf.

„Nein so etwas! Wotan! Wo kommst du auf einmal her?", fragte Steffi mit geheuchelter Freundlichkeit.

So weit also der Vorsatz, sich den Typen in Zukunft vom Hals zu halten.

Der Angesprochene setzt sich ungefragt zu uns an den Tisch. „Ich wollte ein Feierabendbier trinken. Da habe ich euch beiden Hübschen hier sitzen sehen und dachte mir, dass wir ein bisschen Spaß zusammen haben können."

„Das kommt drauf an, was du unter Spaß verstehst", antwortete Steffi.

Wotan grinste. „Na, Spaß eben. Wie man ihn so hat."

„Also ich für meinen Teil habe genug Spaß, auch ohne dich, mein Lieber", mischte ich mich ein, denn der Typ ging mir gehörig auf den Geist. Zudem fand ich ihn einfach schmierig und unangenehm. „Steffi und ich wollen uns in Ruhe unterhalten."

„Ich störe doch nicht etwa?"

Am Liebsten hätte ich ihm das Schmuddel-lächeln aus dem Gesicht gewischt. Ich verstand meine Freundin wirklich nicht. Wie konnte sie sich nur mit ihm einlassen? Die blieb aber ganz cool. „Mädels Gespräche, weißt du."

„Vielleicht können wir uns nachher noch sehen, wenn ihr euch ausgequatscht habt. Ich weiß, dass Alex im Ausland ist. Also hast du genug Zeit", erklärte Wotan mit einem ungemütlich ironischen Grinsen in meine Richtung.

Was sollte das denn? Meine Freundin und ich sahen uns irritiert an.

„Zeit schon ..."

Das Klingeln von Steffis Handy unterbrach mich.

Sie schaute auf ihr Display. „Das ist Dominik. Ich gehe mal kurz ran ... ähm, kurz raus ...", mit diesen Worten stand sie auf und ging vor die Tür. Scheinbar schien, was immer sie zu bereden hatte, nicht für Wotans Ohren bestimmt zu sein.

Na klasse, jetzt hatte ich den Schleimbeutel ganz allein auf dem Hals.

„Wolltest du nicht gerade gehen? Wir wären wirklich lieber allein. Du brauchst auch nicht warten, wirklich nicht. Weil - unseren Spaß haben wir besser ohne dich", sagte ich mit einer Grimasse in seine Richtung.

Er beugte sich nah zu mir. „Stell dich nicht so an, du arrogantes Stück. Hier machst du auf hochnäsig, dabei lässt du dir von Alex die Peitsche geben. Ich weiß, dass ihr es miteinander treibt. Das hat Alex mir erzählt. Und auch wie heiß du bist. Er hätte nichts dagegen, wenn du auch für mich die Beine breit machst." Grob packte er meine Hände. „Wer weiß, vielleicht gefällt es dir mit mir ja noch viel besser als mit ihm."

Ich saß wie von Donner gerührt. Konnte es wirklich sein, dass Alex ihm von uns erzählt hatte? Mit einem Ruck entzog ich ihm meine Hände. „Das glaube ich nicht", würgte ich heraus.

Wieder lachte Wotan schmutzig. „Er wird dich sowieso an mich weitergeben, wenn er genug von dir hat und du wirst ihm gehorchen, das garantiere ich dir. Was meinst du, wie viel dumme Tussis schon auf ihn reingefallen sind. Er macht sie gefügig, dressiert sie. Dann interessieren sie ihn nicht mehr und er gibt sie weiter oder verleiht sie an seine Kumpel. Dir wird es nicht besser gehen." Er stand langsam auf. „Ich sehe schon, heute habe ich kein Glück, aber ich kann warten. Dich kriege ich auch noch."

Mit diesen Worten schlenderte er aus dem Lokal an Steffi vorbei, die gerade wieder hereinkam.

Sie musterte mich verwundert. „Was ist denn jetzt los? Du bist ja ganz blass? Ist dir nicht gut?"

Ich schüttelte den Kopf. „Ich glaube, ich sollte jetzt gehen. Tut mir schrecklich leid. Mit ist auf einmal ganz schlecht."

Das war nicht einmal gelogen. Tatsächlich war mir schrecklich übel geworden. Ich fürchtete, mich jeden Moment übergeben zu müssen.

Ehe Steffi noch etwas sagen konnte stand ich auf. „Bitte übernimm du die Rechnung. Ich gebe dir das Geld gelegentlich zurück." Dann stürzte ich, nicht nach rechts und links guckend, aus dem Bistrot.

Ich war froh, dass ich heil zu Hause angekommen war. An die Autofahrt konnte ich mich gar nicht genau erinnern. Egal, jetzt war ich jedenfalls daheim.

Wotans Worte hallten in meinem Kopf wieder. Ich wollte ihm nicht glauben, wollte über seine Sprüche lachen, aber ich konnte es ganz und gar nicht. Schließlich hatte Alex mehrfach gesagt, dass er mich zähmen wolle, dass ich mich ihm unterwerfen solle und ihm gehören würde. Auch hatte er zugegeben, dass er schon einige Frauen gehabt hatte, mit denen er BDSM praktiziert hatte. Was, wenn es wirklich der Wahrheit entsprach, was Wotan gesagt hatte? Vielleicht bestand der Reiz für Alex tatsächlich darin, sich die Frauen gefügig zu machen. Wenn sie alles taten was er wollte, hatte er sie satt. Vielleicht hatte er sich wirklich vor Wotan damit gebrüstet mich flachgelegt zu haben.

Tränen traten mir in die Augen. Konnte ich ihm denn überhaupt vertrauen? War mein erstes Gefühl der Abwehr doch richtig gewesen?

Zum Teufel mit allen Männern. Ich heulte, bis meine Augen ganz verquollen waren. Das Klingeln des Handys überhörte ich einfach, stellte das Gerät schließlich ab. Heute wollte ich mit niemandem mehr reden. Erst musste ich meine Gedanken ordnen, mit der Situation klarkommen.

Schließlich krabbelte ich in mein Bett und zog mir die Decke über den Kopf.

Irgendwann schlief ich ein.

***

Am nächsten Vormittag wachte ich mit einem Brummschädel auf. Ich fühlte mich völlig verkatert, obwohl ich am Abend so gut wie keinen Alkohol getrunken hatte.

,Erst einmal Kaffee', war mein erster Gedanke. Hunger hatte ich nicht und so frühstückte ich Aspirin und Coffein.

Wie sollte es weitergehen? Ich hatte keine Ahnung. Jedenfalls war ich mir sicher, dass ich Alex erst einmal nicht sehen wollte. Ehrlich gesagt hatte ich Angst ihm zu begegnen, befürchtete, dass ich mich nicht gegen ihn wehren könnte und auch nicht gegen meine Gefühle für ihn, die ja nicht über Nacht verschwunden waren. Nicht einmal nach Wotans Behauptungen. Wobei ich wieder am Ausgangspunkt angekommen war.

Mir war schon wieder zum Heulen zumute. Entschlossen putzte ich mir die Nase und stellte anschließend mein Handy wieder an. Das war schon mal ein Anfang.

Ich hatte einige Nachrichten bekommen:

,Geht es dir besser??? Was ist eigentlich los??? Bin beunruhigt!!! Melde dich!!!'

Das kam von Steffi, zudem hatte sie versucht mich anzurufen.

Auch Alex Name war in der Liste der verpassten Anrufe vermerkt.

*‚Hallo Kleines. Habe versucht dich zu errei-
chen. Du scheinst stark beschäftigt zu sein?
Muss ich mir Gedanken machen? Ich möchte
dich heute sehen'*,

hatte er getextet.

Pah, von wegen muss ich mir Gedanken machen! Für ihn war doch alles easy. Er hatte
alles bekommen, was er wollte. Bestimmt
würde ich ihn bald langweilen und dann
würde er mich kaltlächelnd abservieren,
wie die Frauen vor mir.

Plötzlich war ich schrecklich wütend. Dem
würde ich's zeigen! So würde er nicht mit
mir umgehen! Niemals! Ich fasste einen
Entschluss.

Aber zuerst würde ich mit meiner Freundin
reden. Nicht zu glauben, dass sie sich mit
Wotan, diesem Widerling eingelassen hatte.

„Hallo, geht es dir besser? Ich habe mir solche Gedanken gemacht. Du bist einfach ab-
gehauen! Was ist denn bloß los mit ..."

Ich würgte Steffi gnadenlos ab. „Was los ist?
Das kann ich dir sagen! Wotan, dieser
Schleimbeutel, hat sich an mich ran ge-
macht und das auf die widerlichste Weise.
Echt - wie kannst du es bloß mit dem trei-
ben? Dir graust auch vor nix."

„Ach herrje und deshalb gehst du einfach? Du bist wirklich ein Sensibelchen. Was hat er denn gesagt?"

Irgendwie klang meine Freundin amüsiert, ich konnte es nicht fassen.

Trotz aller Entrüstung hatte ich Hemmungen zu wiederholen, was der Schleimbeutel mir an den Kopf geworfen hatte. Selbst Steffi wollte ich das nicht im Einzelnen auseinandersetzen.

„Na ja, all so widerliches Zeug, dass er Sex mit mir will oder mit uns. Was weiß ich", sagte ich deshalb ausweichend.

Steffi lachte laut auf. „Wenn es weiter nichts ist, dann bin ich ja erleichtert. Ich dachte ehrlich, dass du plötzlich krank geworden bist, oder so. Dass Wotan dich gut findet weiß ich. Er hat mich mehrmals nach dir ausgefragt. Gestern hat er wohl seine Chance gesehen, um an dich ranzukommen. Dabei hat er sich im Ton vergriffen. Das tut mir schrecklich leid. Ich rede mit ihm, wenn ich ihn das nächste Mal sehe. Es wird nicht mehr vorkommen."

Plötzlich hatte ich eine hoffnungsvolle Eingebung. „Sag mal, Steffi, hast du ihm Einzelheiten über Alex und mich erzählt", fragte ich.

Leider machten Steffis nächste Worte meine Hoffnung zunichte.

„Wo werde ich. Er hat zwar öfter mal nach euch gefragt, aber ich habe nicht viel gesagt. So allgemeines halt. Ich weiß ja auch gar keine großartigen Einzelheiten. Was deine Affäre mit Alex anbetrifft, bist du verschlossen wie eine Auster. Wieso fragst du? Hat er über Alex und dich gesprochen oder was?"

„Och, war nur so eine Idee."

Es wäre ja auch zu schön, wenn Alex unschuldig gewesen wäre und der Schleimbeutel die Infos über Steffi bekommen hätte. Das war aber leider nicht so.

„Sag mal, sollen wir heute Abend zusammen ausgehen?", fragte ich harmlos.

„Nanu, was ist jetzt los? Ich denke du triffst dich mit deinem Alex? Ja, ich weiß, es ist nicht dein Alex."

„Er hat leider doch keine Zeit, die Firma", flunkerte ich drauflos, damit Steffi nicht weiter bohrte. „Da dachte ich, wir könnten noch einmal ins ‚Dark Soul' gehen. Es war doch letzte Woche ganz nett dort."

„Du erstaunst mich wirklich", sagte Steffi verwundert. „Ich hatte nicht den Eindruck, dass du dich dort besonders wohl gefühlt hast. Jedenfalls nicht, bevor Alex aufgetaucht ist. Leider kann ich heute nicht gut weg. Dominik hat gestern angerufen, wie du weißt. Er war ziemlich sauer auf mich, hat wohl einiges gehört. Das hatte ich mir fast gedacht, deshalb bin ich vor die Tür gegangen. Wotan muss das nicht mitbekommen, der ist neugierig genug. Aber ich habe ihn beruhigen können, Dominik meine ich. Er kommt heute Abend zu mir. Wir wollen einen netten Abend zu zweit verbringen. Wenn ich das absage, dann verliert er völlig die Geduld mit mir. Das möchte ich nicht riskieren. Eigentlich liegt mir eine Menge an ihm."

„Wenn dir etwas an ihm liegt, dann solltest du dein Verhalten aber mal überdenken, mein Mädchen. Was meinst du was passiert, wenn er erfährt, dass du mit Wotan ..."

„Ist ja gut. Das kommt wirklich nicht mehr vor." Irrte ich, oder klang meine Freundin zerknirscht? Allerdings hielt dieser Zustand nie lange an.

„Das hoffe ich. Schade. Aber ich sehe ein, dass du dich jetzt um Dominik kümmern solltest. Vielleicht fahre ich allein ins ‚Dark Soul'. Mal sehen."

„Das machst du sowieso nicht", lachte Steffi.

„Wetten, dass ...", murmelte ich, nachdem wir das Gespräch beendet hatten.

Alex versuchte in Laufe des Tages ein paar Mal mich zu erreichen. Schließlich nahm ich das Gespräch an.

„Hallo, Kleines, was ist los? Wieso gehst du nicht ans Handy? Ist irgendetwas passiert?" Er klang beunruhigt.

Ich setzte mich erst einmal hin, denn ich hatte weiche Knie bekommen.

„Es ist gar nichts passiert. Ich möchte dich einfach nicht sehen, das ist alles. Das wird ja wohl erlaubt sein", ich zögerte, fügte dann ein ironisches „Herr" hinzu.

„Sag schon, was ist los? Es war doch alles in Ordnung mit uns, bevor ich losgeflogen bin. Verflixt noch mal, sei nicht so kompliziert", jetzt klang er ungeduldig, was mich richtig in Rage brachte.

„Ist das eigentlich nicht zu verstehen? Ich will dich nicht sehen und Schluss. Gleich gehe ich sowieso aus. Du brauchst nebenbei bemerkt gar nicht erst zu mir zu kommen. Ich bin nicht zu Hause."

Das sagte ich vorsichtshalber. Alex brachte es fertig sofort hier her zu fahren.

„Ich habe auch gar keine Zeit mehr. Bis dann mal."

Ehe er noch etwas sagen konnte, hatte ich das Gespräch beendet. Vorsichtshalber stellte ich auch noch mein Handy aus.

***

Einmal mehr stellte ich fest, dass das Gebäude des ‚Dark Soul' den Charme einer abgehalfterten Fabrik verbreitete.

Ich zögerte. Sollte ich wirklich hineingehen? Ach was, jetzt war ich einmal hier, also konnte ich wenigstens etwas trinken und mich umsehen. Wenn ich mich zu unwohl fühlen sollte, würde ich halt wieder gehen. Hoffentlich würde mir Wotan nicht über den Weg laufen. Entschlossen schob ich den Gedanken beiseite. Heute wollte ich mich amüsieren, jedenfalls hatte ich mir das fest vorgenommen.

In der Lounge setzte ich mich an einen der Tresen und orderte ein Glas Champagner. Wie in der letzten Woche herrschte hier ein reger Verkehr. Wie passend. Das Wortspiel erheiterte mich.

„Hallo, schöne Frau. Was ist so lustig?" Ich bemerkte den Mann erst, als er neben mir saß. Wo war ich nur immerzu mit meinen Gedanken! Der Allerweltstyp rückte weiter auf und musterte mich interessiert.

‚Wenigstens trägt er keine Maske', dachte ich.

Weil mir nichts Besseres einfiel murmelte ich: „Es ist doch nett hier." Dann schwieg ich und schaute mich weiter um.

Der Mann rückte noch näher. „Bist du zum ersten Mal im ‚Dark Soul'? Ich komme öfter her, aber dich habe ich noch nie gesehen."

„Zum zweiten Mal. Letzten Samstag war ich auch hier, mit meiner Freundin."

Ich rückte von ihm ab, was er allerdings nicht zu bemerken schien.

„Letzen Samstag war ich leider verhindert. Sonst wären wir vielleicht schon letzte Woche aufeinander gestoßen", raunte er verheißungsvoll.

„Eher nicht", die Worte entwischten mir, ehe ich es verhindern konnte.

Er runzelte irritiert die Stirn. „Wie bitte? Egal. Möchtest du etwas trinken? Noch ein Glas Sekt? Oder möchtest du tanzen?"

Es prickelte in meinem Nacken! Eindeutig! Ehe ich ihn sah wusste ich, dass Alex da war.

Langsam drehte ich mich um. Tatsächlich stand er wieder an der gegenüberliegenden Theke, hob sein Glas und prostete mir zu. Wie provokant! Und mit was für einem Blick er mich fixierte.

Ich merkte, dass eine ärgerliche Röte mein Gesicht überzog. Verdammt, jetzt keine Blöße zeigen! Ich würde ganz cool bleiben und ihm eine Lektion erteilen, die er nie vergessen würde.

„Gern, ich hätte gern noch ein Glas Champagner", gurrte ich und lächelte den Mann neben mir strahlend an, was ihn wieder näher rücken ließ.

„Du gefällst mir", fügte ich hinzu.

„Das höre ich doch gern, du gefällst mir auch."

Gleich würde er auf meinem Schoß sitzen. Aus den Augenwinkeln beobachtete ich Alex und stellte mit Genugtuung fest, dass er mich nicht aus den Augen ließ. Das Glas hatte er abgestellt und die Fäuste geballt. Recht geschah ihm.

Lässig legte ich meine Hand auf den Oberschenkel meiner Eroberung.

„Wir könnten uns in eine Sitznische zurückziehen oder wir gehen direkt in den nächsten Raum. Wir müssen uns auch nicht mit Tanzen aufhalten", sagte er mit belegter Stimme.

„Warum nicht in eine Sitznische", nickte ich und stand auf.

Der Raum mit der Tanzfläche und den kleinen Nische schien mir nach dieser Bemerkung zu gefährlich zu sein. Aus der Sitzecke konnte ich besser flüchten, wenn ich es für angebracht hielt.

Lächelnd folgte ich dem Mann, nicht ohne Alex einen provozierenden Blick zugeworfen zu haben.

Er musterte mich grimmig aus zusammen-
gezogenen Augen, aber für einen kurzen
Augenblick sah ich nicht nur Wut, sondern
auch Verletztheit. Ich stockte, blieb stehen.

„Kommst du?"

Ehe ich weiter überlegen konnte, saß ich in
der schummerigen Nische.

‚Na bravo, Katja, da hast du dich wieder
einmal in eine unmögliche Situation gebracht. Das kann auch nur dir passieren',
schalte ich mich und griff erst einmal zu
meinem Champagnerglas.

Der Typ saß schon wieder fast auf meinem
Schoß, was kein Wunder war. Schließlich
hatte ich ihn kräftig dazu ermuntert. Er
dachte sicherlich, dass es jetzt zur Sache
gehen würde.

„Hör, mal", begann ich, kam aber nicht weiter, denn er drückte seine Lippen auf meinen Mund und versuchte ihn mit seiner
Zunge zu öffnen. Gleichzeitig tastete er nach
meinem Busen.

Ehe ich reagieren konnte, stand Alex vor
uns. Mit einer einzigen Bewegung fasste er
meinen Arm, zog mich hoch.

„Das ist meine Lady", sagte er gefährlich
leise. „Wenn du sie noch einmal betatscht,
dann breche ich dir die Finger. Jeden ein-
zeln und sehr langsam."

Anschließen zerrte er mich aus der Nische und weiter zum Ausgang.

„Alex! Bitte, du tust mir weh!"

„Ja, ich weiß", knurrte er. „Kommst du freiwillig mit oder soll ich dich wie einen Sack über meine Schulter werfen?"

Ich glaubte ihm jedes Wort und folgte ihm deshalb lieber stillschweigend.

An seinem Auto angekommen öffnete er die Beifahrertür.

„Steig schon ein", herrschte er mich an, dann schob er mich rüde ins Fahrzeuginnere.

Obwohl sich alles in mir dagegen sperrte, stieg ich ein. Alex knallte die Tür zu, setzte sich hinter das Steuer und gab Gas.

Die Fahrt verlief zunächst schweigsam. Was hätte ich auch sagen sollen? Übrigens war ich wütend. Auf Alex und auch auf mich selbst, weil ich mich in eine so bescheuerte Situation gebracht hatte.

Schließlich ließ mich ein Blick aus dem Fenster erkennen, dass Alex nicht zu meinem Haus fuhr. „Wohin bringst du mich? Was hast du vor?", fragte ich.

Alex sah mich für einen Augenblick an. Das genügte um festzustellen, dass seine Augen wütend funkelten. „Zu mir, wir müssen miteinander reden", antwortete er, seine Anspannung mühsam zügelnd.

„Es gibt nichts zu reden", sagte ich patzig. „Fahr mich sofort nach Hause. Auf der Stelle."

Er schlug auf das Lenkrad, was mich erschrocken zusammenzucken ließ. „Verdammt, halt den Mund. Was ist mit dir los? Wie oft soll ich dich aus dem verflixten ‚Dark Soul' holen? Muss ich den Schuppen erst kaufen und schließen, damit du dort nicht mehr hingehst!"

Ehe ich antworten konnte, bog er in einen Waldweg ab. Hier hielt er den Wagen an und drehte sich zu mir. Ich rückte so weit es ging in eine Ecke und schaute ihn beunruhigt an. Was hatte er vor?

„Dann eben hier." Er stockte für einen Moment und ich sah bei aller Aggression noch einmal Verletztheit in seinem Blick. Ich hatte ihm wehgetan, stelle ich verwundert fest. „Was hast du dir nur dabei gedacht, mich derartig zu provozieren." Er strich sich aufgebracht durchs Haar.

‚Wie gern würde ich das jetzt tun', fuhr es mir durch den Kopf. Energisch unterdrücke ich den Gedanken.

„Ich kann tun was ich will", sage ich stattdessen trotzig. „Das geht dich nichts an. Wir hatten schließlich nur Sex miteinander. Du hast Spielchen mit mir gespielt."

„Ach, aber diese Spielchen haben dir gefallen. Ich kann mich erinnern."

Dieser Satz bringt machte mich so wütend! „Verdammter Mistkerl!"

Ich holte aus. Meine Hand landete auf seiner Wange. Noch einmal wollte ich zuschlagen, aber er hielt meine Hand fest.

Dann umschlang er mich, presste seinen Mund hart auf meinen. Erst bemühte ich mich nicht zu reagieren, dann merkte ich, wie mein Widerstand dahinschmolz. Wie von selbst öffnete ich meine Lippen für seine fordernde Zunge.

Verdammt, mein Atem beschleunigte sich, ich wurde feucht. Meine Hand glitt über seine Hose, ich spüre seine Härte.

„Komm", sagte er heiser und öffnete die Autotür. Ich folgte ihm zum Vorderteil des Wagens. Wieder küsste er mich, dieses Mal zärtlich.

„Ich will dich so sehr", flüsterte er an meinem Mund, packte meine Hüften, drehte mich um. Dann öffnete er den Reißverschluss meines Kleides, streifte es mir ab.

Er knetete meine Brüste, zwirbelte die Nippel, während er meinen Nacken küsste. Ich stöhnte leise vor Lust, legte meine Hände auf die Motorhaube, beugte mich weit vor.

Dann hörte ich, wie er den Reißverschluss seiner Hose öffnete. Sein Glied drängte zwischen meine Beine und ich öffnete meine Schenkel für ihn, stöhnte laut auf, als er in mich eindrang, langsam und tief in mich stieß. Ich passte mich seinem Rhythmus an, wimmerte. Es dauerte nicht lange und ein nicht enden wollender Orgasmus schüttelte mich. Auch er verströmte sich.

Schwer atmend verharrten wir für einen Moment, dann lösten wir uns von einander. Ich drehte mich um, schmiegte mich an ihn. Für den Moment hatte ich alle Zweifel vergessen.

Er küsste mich sanft. „Ach, Kleines. Ich habe ja herausgefunden was los ist. Als du das Gespräch beendet und dann auch noch dein Handy ausgeschaltet hattest, habe ich lange mit Steffi gesprochen. Sie hat mir erzählt, dass du nach einer Begegnung mit Wotan total fertig warst. Also habe ich ihn besucht und die Wahrheit aus ihm herausgeprügelt." Alex lächelte grimmig.

„Er wird dir nie wieder zu nahe kommen, wenn er sich wieder einigermaßen bewegen kann. Auf diese Art von Schmerzen steht er eher nicht. Es ist unverzeihlich, was er zu dir gesagt, was er behauptet hat und glaub mir, er hat es bitter bereut.

Lass uns zu mir oder zu dir fahren, das kannst du entscheiden. Es wird Zeit, dass alle Unklarheiten aus der Welt geschaffen werden."

„Ja", wisperte ich überwältigt. „Ich fahre mit dir wohin du willst."

***

„Was denkst du denn nur über mich!" Wieder sah ich Verletzlichkeit und Unsicherheit in Alex Augen.

„Wotan ist ein Bekannter, nicht einmal ein besonders guter. Wir haben den gleich Autoschrauber, das ist alles. Es war purer Zufall, dass ich ihn zu Steffis Geburtstagsfete gefahren habe. Nie würde ich irgendwem etwas Intimes über unsere Beziehung erzählen. Nicht einmal dem besten Freund, wenn ich einen hätte", fügte er mit einem schiefen Lächeln hinzu. „Er hat einiges von deiner Freundin erfahren, indem er immer wieder nach dir gefragt und sich den Rest zusammengereimt hat. Steffi hat sich nichts dabei gedacht. Sie scheint ziemlich naiv zu sein."

Wir waren letztendlich zu mir gefahren, weil Alex wollte, dass ich mich völlig wohl und sicher fühlte.

Jetzt saßen wir uns in meinem Wohnzimmer vor dem Kamin gegenüber. Ich hatte meine Beine über Alex Oberschenkel gelegt. Dieses Mal fuhr ich mit den Fingern durch sein Wuschelhaar.

„Es tut mir leid. Wahrscheinlich bin ich so misstrauisch und empfindlich, weil ich schon einmal einen Menschen verloren habe, den ich sehr liebte. Vielleicht will ich das nicht wieder durchmachen. Das soll keine Entschuldigung sein. Bestenfalls eine Erklärung."

Alex küsste mich zärtlich. „Ich verstehe dich gut. Was meine Beziehungen anbetrifft, so habe ich sie alle auf eine anständige Weise beendet. Das müsstest du dir denken können und so gut müsstest du mich inzwischen kenne. Ich möchte dich niemals verletzen. Das könnte ich gar nicht wissentlich. Ich möchte abends mit dir ins Bett gehen, dich lieben und morgens mit dir aufwachen. Ich liebe dich nämlich, weißt du. Und noch etwas: ich teile nicht. Du gehörst mir, nur mir. Trotzdem respektiere ich dich. Aber ich habe gelernt, dass du deinen dicken Kopf ab und zu durchsetzen musst, auch wenn du mich damit in den Wahnsinn treibst. Wie sollte mir jemals langweilig mit dir werden, Kleines?"

„Ich gehöre mir allein und ein kleines Bisschen auch dir. Aber ich würd' mich gern an dich verschenken", flüsterte ich und küsste meinen Alex.

Ja, so war das damals. Plötzlich war alles ganz einfach zwischen uns. Vielleicht, weil wir unser sicher waren, weil wir uns bewusst für einander entschieden hatten.

Ich habe gelernt Alex ganz und gar zu vertrauen, komplett die Kontrolle abzugeben und mich fallen zu lassen. Wir haben ein Miteinander voller Vertrauen und Liebe gefunden.

Mit Steffi war ich nicht lang' sauer. Sie hat Wotan, von dem ich nie wieder etwas gehört oder gesehen habe, ja nicht bewusst mit Informationen über Alex und mich versorgt.
Sie ist übrigens inzwischen fest mit Dominik zusammen. Die beiden trennen sich gelegentlich, kommen aber immer wieder zusammen.

Ach ja, ich habe mir die Fortsetzungen des berühmt, berüchtigten Buches über die fünfzig Farbnuancen zugelegt. Ich kann es schließlich nicht zulassen, dass die Geschichte für mich mit einer Trennung endet.

Epilog

Wir sitzen am Tisch in einem exklusiven Restaurant. Alex hat mich zu unserem Jahrestag mit dieser Reservierung überrascht, dazu hat er eine Suite im dem Restaurant angeschlossenen Hotel gebucht.

Ich schaue ihn verliebt an. Oh ja, er ist immer noch mein Traumtyp. Über den Tisch hinweg greife ich nach seiner Hand.

„Mir gefällt, was ich sehe", sage ich.

Er streicht sanft mit dem Daumen über meinen Handrücken. „Das kann ich nur zurückgeben. Du bist wunderschön."

Ich seufze, denn eigentlich weiß ich gar nicht, was er an mir findet. Gut, ich sehe nicht schlecht aus, aber ich fühle mich nicht besonders gutaussehend. „Manchmal frage ich mich, warum du ausgerechnet mich lieb hast."

Er schaut mich einen Augenblick amüsiert an, dann wird er ernst.

„Du weißt wirklich nicht, wie viel du mir gibst, nicht wahr. Ich liebe dich aus ganzem Herzen weil du nicht nur schön bist und leidenschaftlich, sondern auch warmherzig und klug. Und du gehörst mir", fügt er hinzu.

„Das tue ich", flüstere ich und schaue ihm tief in die Augen.

„Ihr Carpaccio." Ich habe den Kellner gar

nicht bemerkt. Er serviert uns die Vorspeise.

Wir essen und es ist köstlich. Auch der Hauptgang ist delikat. Dazu trinken wir einen erlesenen Wein und unterhalten uns wunderbar, so wie immer.

Nachdem der Tisch abgeräumt ist, greift Alex nach meiner Hand. „Ich habe einen speziellen Wunsch, den du mir erfüllen wirst."

Ich versinke in seinen Augen. „Ich erfülle dir so ziemlich jeden Wunsch, was weißt du doch."

„Okay." Er schaut mich eindringlich an. „Ich möchte, dass du alles tust, was ich dir sage."

Was hat er vor? Mein Herz klopft plötzlich heftig. Unruhig rutsche ich auf meinem Stuhl hin und her. „Alles?"

„Ja, alles. Wir fangen gleich damit an: Lege eine Hand auf die Innenseite deines Oberschenkels."

„Jetzt sofort? Aber dann muss ich mein Kleid hochschieben", flüstere ich erschrocken.

Er lächelt sanft. „Ja, das musst du." Er hört sich trotz des Lächelns streng an.

Ich blicke mich diskret um, dann lege ich meine Hand auf den Oberschenkel. Zum Glück ist die Tischdecke recht lang. Niemand bemerkt etwas.

"Sieh mich an!"

Ich hebe meinen Blick. Er schaut mich auf eine ganz besondere Weise an. „Jetzt streichst du deinen Oberschenkel hinauf. Dann möchte ich, dass du dich zwischen den Beinen berührst."

„Alex", hauche ich schockiert.

„Tu es!"

Meine Finger gleiten in den String. Ich habe Angst, dass jemand bemerkt, was ich hier treibe. Gleichzeitig erregt mich die Situation ungeheuer. Ich werde feucht, während ich mich langsam massiere und ihm dabei in die erregt glänzenden Augen schaue.

„Ihr Dessert."

Ich ziehe schnell meine Finger weg, so als hätte ich sie verbrannt. Heiße Röte steigt in mir auf, doch der Kellner scheint nichts zu bemerken. Jedenfalls entfernt er sich ohne einen weiteren Blick.

Alex wartet einen Augenblick, dann befiehlt er: „Tunk deinen Zeigefinger in die Sahne des Desserts. Ich möchte kosten." Er lächelt amüsiert. „Nein, nicht diese Hand, die anderen bitte."

Ich erfülle seinen Wunsch. Seine Lippen umschließen genussvoll meinen Finger. „Das ist wirklich sehr delikat", lächelt er. „Jetzt sollten wir unser Dessert genießen."

Als ob ich Appetit hätte! Mein Blutdruck ist

in ungeahnte Höhen geschnellt, zwischen meinen Beinen pocht es vor Erregung, ich bin richtig nass. Ich will Alex spüren und zwar sofort. Aber er lässt mich zappeln, bestellt noch einen doppelten Espresso, trinkt ihn betont langsam.

Endlich ist das Essen beendet, wir betreten Hand in Hand die Suite. Alex führt mich ins Schlafzimmer, das von einem großen Bett dominiert wird.

Ich küsse ihn heiß, reibe mich an ihm, doch er tritt einen Schritt zurück. „Das habe ich dir nicht befohlen."

Mein Herzschlag beschleunigt sich noch mehr. „Was soll ich tun?"

Er streift sein Sacco ab, knöpft langsam sein Hemd auf, entledigt sich seiner Schuhe und der Socken.

„Jetzt zieh dich aus", befiehlt er.

Ich streife die Träger meines tief ausgeschnittenen Kleides herunter, es fällt zu Boden. Anschließend drehe ich mich um, beuge mich weit vor und ziehe mir langsam den String aus. Jetzt trage ich nur noch meine Highheels.

Alex schaut mir zu, seine Augen sprühen vor Lust, er atmet schwer. „Setzt dich aufs Bett und lehne dich gegen das Kopfteil."

Ich folge seinen Anweisungen. Das mit Leder bezogene Kopfteil fühlt sich kalt an, ich schaudere.

„Spreiz deine Schenkel, zieh dabei die Beine nah an deinen Körper, aber so, dass es noch angenehm für dich ist."

Ich tue was er möchte, ziehe die Beine an. Seine große Hand legt sich auf mein Knie, drückt es zur Seite. Er zieht ein Seidenband aus der Tasche, bindet es um meinen Knöchel und verknotet es seitlich am Bettgestell. Nun kann ich das Bein fast gar nicht bewegen. Das Gleiche macht er mit meinem anderen Bein, sodass ich weit gespreizt bin. Ich fühle mich ihm ausgeliefert, trotzdem ist das unerhört erotisch.

Alex entfernt sich, bald erklingt sanfte Musik. Dann setzt er sich in einen Sessel mir gegenüber.

„Berühr dich, erst die Brüste", befiehlt er heiser. Zögernd umfasse ich meine Brüste, massiere sie, erst sanft, dann fester. Ich befeuchte meine Finger, nehme die Brustwarzen zwischen Zeigfinger und Daumen, reibe sie sanft, bis sie hart hervorstehen.

„Nun berühr dich zwischen den Beinen."

„Alex", bitte ich. „Ich möchte, dass DU ..."

"Mach was ich dir sage!"

Langsam gleitet meine Hand zwischen die weitgespreizten Beine. Ich lasse sie einmal über mein Geschlecht streichen, fühle meine

Nässe. Ich lege den Kopf in den Nacken, stöhne lustvoll, gebe mich dem Gefühlt ganz hin. Meine Finger massieren meine empfindliche Perle, gleiten in die feuchte Spalte, bewegen sich rhythmisch.

Der Atem wird schneller. Ich schließe die Augen, vergesse alles um mich, massiere weiter, immer schneller. Dann spannen sich meine Muskeln an und ich erlebe einen Orgasmus, schreie meine Lust hinaus.

Während ich komme spüre ich eine Bewegung auf dem Bett. Alex dringt mit einem harten Stoß in mich ein. Tief in mir verharrt er, bewegt sich für einen Augenblick nicht. Ich schaue ihn an, seine Augen glühen dunkel vor Lust. Ich umarme ihn, doch er zieht meine Hände an die obere Kante des Kopfteils.

„Hierher gehören deine Hände", keucht er.

Erst jetzt sehe ich, dass er die Hose immer noch trägt, nur der Reißverschluss ist geöffnet. Erregt keuchend bewegt er seine Hüften, quälend langsam, dann schneller, bis er hart in mich stößt. Jeder Stoß presst mich gegen das Kopfteil des Bettes. Ich stöhne lustvoll, dränge mich ihm entgegen.

„Bitte, lass mich kommen", flehe ich.

Er pumpt immer schneller, bis er sich in mich ergießt und auch ich zum zweiten Mal explodiere.

Schwer atmend legen wir unsere Stirn gegeneinander. Ich umarme ihn, dann bindet er mich los. Wir kuscheln uns aneinander. Alex nimmt mich fest in seinen Arm. „War das in Ordnung für dich?"

Ich schmiege mich an ihn. „Oh ja, das war unbeschreiblich. Auch, wenn du wieder einmal deinen Willen bekommen hast."

Ich spüre, dass er lächelt. „Ist das nicht immer so?"

‚Okay, vorhin habe ich alles getan, was du wolltest. Aber beim nächsten Mal läuft das anders', denke ich.

Er schaut mich prüfend an. „Das glaube ich nicht", sagt er.

Verflixt, er kann doch meine Gedanken lesen ...

Alizé Siffleur -
Saturday Night Fever

Erotische Kurzgeschichten, sinnlich und provokant,
aber auch romantisch und humorvoll. Geschichten über
Frauen, die sich nehmen was sie wollen. Sich aber auch
einfach nehmen lassen wollen.

Alizé Siffleur
Love Affair

Anne will sich in Zukunft die Männer vom Hals halten.
Schließlich hat ihr Exfreund sie mit der Nachbarin be-
trogen und schaut jetzt Vaterfreuden entgegen. Ihre
Freundin Jenny hingegen vernascht einen Mann nach
dem anderen. Gemeinsam lernen sie den attraktiven
Luca kennen. Nach einem feucht fröhlichen Abend
findet Anne sich nackt in ihrem Bett wieder. Sie kann
sich nur noch daran erinnern, dass sie Luca mit zu sich
nach Hause genommen hat und daran, dass er sie geküsst hat –überall. Im Büro angekommen stellt sich
heraus, dass Luca der neue und wichtige Kunde für ihre
Firma ist.

Frech, frivol und tabulos, so ist dieser Roman von Alizé
Siffleur.

Alizé Siffleur und Allan P.
Zeig mir Deine Lust

Lustvoll und erotisch. Alizés und Allans Gedichte drehen sich unverkrampft und freizügig um nicht alltägliche Phantasien, um die Freude daran, sich sexuell zu nehmen, was man möchte.

Eine Lektüre, über die ungehemmte Lust, unterstrichen von ästhetischen Bildern.
Lesestoff für Frauen und Männer.

Alizé und Alan P.
Wenn ich an Dich denke

Gedichte von, um, über Liebe und andere Bagatellen.